Extrême paradis

DU MÊME AUTEUR

La Disparition de Karen Carpenter, *Actes Sud, 2017*
Chère Jodie, *Stock, 2020*
Les Poupées, *Stock, 2022*

Clovis Goux

Extrême paradis

roman

Stock

Photo de bande :
© Ameer Basheer/Unsplash

ISBN 978-2-234-09384-3

I

Cool Aqua

1

L'école fantôme

La découverte d'une école maternelle au sein des Villages-Unis de Floride fut un véritable choc tant son existence, sa présence même, était une monstrueuse aberration, comparable, si je peux me permettre cette analogie, à la construction d'un abattoir dans un parc d'attractions. Et pourtant, malgré son incongruité, malgré son effrayante absurdité, elle est là, sous mes yeux, cachée du reste de l'humanité par une modeste colline boisée, à quelques mètres seulement d'un des bunkers du golf Harold Schwartz où l'armée des Villageois pratique son swing à l'année comme autant de salutations aux feux d'un soleil éternel que de défis lancés à un ennemi invisible.

L'aube point en dessinant en ombres chinoises une ligne d'horizon hérissée de palmiers lorsque j'approche, lampe torche à la main, du bâtiment. Surmontée du drapeau de l'État sécessionniste – une étoile à cinq branches insérée dans un soleil bleu aux rayons rouges et blancs – qui flotte en haut d'un mât, l'école en briques se déploie sur un seul niveau dont les fenêtres aux cadres clairs sont obstruées par d'épais rideaux. En son centre, l'entrée principale se fait sous un fronton de faux marbre supporté par des colonnes doriques. La porte grillagée n'est pas fermée. Par-delà le portique de sécurité désactivé (je ne suis de toute façon pas armé), le faisceau de la lampe révèle un vaste couloir le long duquel sont disposés en vis-à-vis des casiers et des portemanteaux sur lesquels scintillent de petits cirés jaunes au-dessus de bottes de pluie rouges sagement alignées sous des bancs de bois qui filent en perspective. J'approche des casiers métalliques en faisant grincer ma paire de Converse sur le sombre linoléum. Sur chacun figure une plaquette avec un prénom : Judy, Carolyn, Jason… J'en ouvre un au hasard pour constater qu'il est vide.

J'entre maintenant dans une salle de classe et découvre quatre rangées de pupitres accolés à des chaises d'enfant faisant face au bureau de l'instituteur derrière lequel s'étend un vaste tableau noir. Une carte de la Floride est accrochée à son cadre et l'on peut lire RÉVOLUTION inscrit à la craie blanche sur le noir de l'ardoise. Les murs de la classe sont vert d'eau. On y a punaisé des posters d'animaux ainsi que des peintures enfantines. Il y a une mappemonde dans un angle à côté d'un miroir et d'une bibliothèque. Je m'approche. Le cercle lumineux balaye les livres, en révèle quelques titres : *Les Aventures de Tom Sawyer*, *La Case de l'oncle Tom*, *Les Quatre Filles du docteur March*, *Max et les Maximonstres*, *Charlie et la Chocolaterie*, *Le Magicien d'Oz*, *Le Royaume fantôme*... Je ne connais pas ce dernier ouvrage et tends la main pour m'en saisir : contre toute attente le rayonnage bascule vers moi lorsque je tente de l'extraire du bout des doigts et je me retrouve avec un ensemble compact, étonnamment léger, dans les bras. Sans un bruit, je remets en place les faux livres en remarquant que le reste de la bibliothèque est également composé de ces mêmes blocs qui d'ordinaire, vendus au mètre, servent à décorer les appartements témoins, les salles d'exposition de marchands de meubles ou les espaces détente de certains fast-foods. En revenant sur mes pas, je constate que les dessins d'enfants sont des reproductions : de simples photocopies couleur.

J'explore à présent la cantine : un réfectoire, des tables rondes et basses entourées de petites chaises, des néons au plafond, un distributeur de plateaux et de couverts, un buffet à bain-marie, un buffet réfrigéré débranché… Ici comme dans tout l'édifice, chaque objet semble à sa place, prêt à l'emploi, mais étrangement orphelin, dénué de sens, soulagé de sa fonction, dans l'attente d'un signal qui déclencherait une série d'actions. Une porte vitrée mène aux cuisines : la pièce est vide. Sur le sol carrelé, il y a seulement un balai à franges gisant à côté d'un seau à essorer.

Dans les toilettes face aux miroirs et aux lavabos, il y a des urinoirs pour adultes et pour enfants, pas de portes aux WC. Je tourne l'un des robinets, mais l'eau ne s'en écoule pas. Plus loin, je pénètre dans une salle de repos avec une dizaine de lits d'enfants. Ils sont faits au carré, à l'identique ou presque : une couette et un oreiller à motifs, voitures pour les garçons, poupées pour les filles. La pièce est aveugle. Il y a un miroir face à l'entrée.

En sortant par la porte arrière qui ouvre sur la cour de récréation, je me retourne vers l'école avec l'étonnante impression qu'à la manière des poupées russes, le bâtiment cache une reproduction de lui-même à échelle réduite. Au-dessus de moi, le soleil tente de dissuader l'arrivée de ténébreux nuages à l'horizon et le ciel se décline en un strident dégradé qui va du pourpre au jaune soufre en passant par le vert cuivré, soit les prémices d'un des fameux *cocktail skies* vénérés ici-bas. Le brouillard matinal surgi des marais environnants recouvre un périmètre délimité par des grillages et des arbustes. Je pose alors le pied sur le mot *Earth*, soit la première case d'une marelle peinte sur le sol en caoutchouc, et l'image d'un lutin en ciré jaune sautant à cloche-pied dans un tapis de brume (avec ses petites bottes de caoutchouc rouge !) jusqu'à la case *Heaven* frappe mon esprit. Devant moi il y a un toboggan et des balançoires. En m'approchant du portique, je constate qu'une des trois balançoires a été décrochée. Et je comprends à cet instant précis que c'est ici que mon père a trouvé la mort.

2

Le Vampire de la Goutte-d'Or

Un mois plus tôt, j'étais à Paris en train de tirer les vers du nez au Vampire de la Goutte-d'Or lorsqu'un numéro inconnu s'afficha sur mon téléphone. Je laissai la messagerie se charger du mystérieux appel. Après quelques années laborieuses dans le monde de l'entreprise où mes seules joies furent les repas thématiques de la cantine (pour le Nouvel An chinois les caissières étaient habillées en geishas et un orchestre de mariachis anima la semaine mexicaine), je me retrouvais au chômage ou plutôt en boîte de nuit. C'est sous les flashes d'un stroboscope qu'un compagnon de boisson me proposa, une nuit particulièrement arrosée, de « piger » pour le journal dont il était le rédacteur en chef adjoint. Je lui opposai le fait que je n'avais jamais pris la plume pour écrire un mot. « Ça tombe bien, moi non plus ! » répliqua-t-il dans un grand éclat de rire avant de commander une nouvelle tournée. Et c'est ainsi que je devins journaliste.

Ma mission était simple : interviewer des freaks, déformer leurs propos, inventer des faits et prier pour que mes « sujets » ne trouvent pas mon adresse après avoir lu mon « papier ». Avec le Vampire de la Goutte-d'Or, ça allait être compliqué : il habitait à côté de chez moi, dans des caves aménagées rue Myrha. Longs cheveux noirs ondulés et graisseux, yeux bleus translucides maquillés au khôl, teint verdâtre parsemé de boutons d'acné, toujours vêtu d'une redingote noire moisie, d'un pantalon en velours, de chemises à jabot et de bottes de l'armée allemande, le Vampire dénotait dans ce quartier peuplé en majorité d'immigrés. Il était le seul à faire peur aux hordes de gamins des rues qui avaient fui la misère d'un pays en guerre pour semer la terreur dans les lavomatics du coin ainsi qu'aux mamas en boubou qui faisaient régner l'ordre sur le pavé et se signaient lorsqu'elles le croisaient : la patte de poulet qu'il arborait en pendentif (en exhalant une redoutable odeur de camphre) était le signe certain qu'il pratiquait le vaudou dans son terrier.

Murs tapissés de velours rouge, crânes d'animaux montés en lampes de chevet, mannequin démantibulé en table basse, mandalas d'insectes morts, Christ inversé, Sainte Vierge profanée... Son logis souterrain était un savant mélange entre la caverne d'un sorcier, l'antre d'une goule et la salle à manger d'Ed Gein. Ma première question fut simple : comment faisait-il pour se laver ? Sa réponse, expéditive : d'un ongle peint en noir, il me désigna un bac à sable dans un recoin obscur de la cave voûtée avant de me dérouler les grandes lignes de son parcours ; en rupture avec des parents pharmaciens à Rouen, il avait découvert Aleister Crowley et le LSD durant ses années chez les jésuites avant de former Kadaverik Likidator avec deux amis de pensionnat (Lucifred à la basse, Muinomednap à la batterie). Le groupe fit rapidement son trou au sein de la scène black metal hexagonale, leur répertoire se composant d'un seul morceau, *Life Is Death*, joué *ad nauseam* sous l'influence de drogues dures, lysergiques de préférence. La légende voulait qu'ils parvinssent ainsi (grâce également à un volume sonore défiant l'entendement) à faire vomir leur public. Le Vampire avait-il des problèmes de voisinage ? « Seulement le jour où la concierge a trouvé un pigeon crucifié sur ma boîte aux lettres. Une déclaration d'amour d'une de mes fans », répondit-il avec un large sourire halluciné qui découvrit des canines limées en pointes. Son surnom lui était-il monté à la tête ?

Je profitai de cet instant d'incertitude pour lui demander la direction des toilettes. Il me dirigea vers un seau en métal près du bac à sable. Tandis que j'urinais dans le récipient, j'interrogeai mon répondeur. Une voix lointaine m'informa en anglais qu'il était arrivé un terrible accident à mon père. Il était décédé. Il fallait que je rappelle au plus vite. La foudre s'abattit sur moi au moment où je reboutonnais mécaniquement ma braguette, pulvérisant mon crâne, mon cœur et le reste de mon corps en mille particules. Anéanti, je revins au ralenti auprès du Vampire en balbutiant d'une voix blanche : « J'ai... perdu... mon... père... » Il y eut un moment de vertige qui sembla durer une éternité avant qu'il ne réplique d'une voix lugubre : « T'inquiète pas mon pote, t'en trouveras bien un autre. » Sans plus attendre, je regagnai au plus vite la surface de la terre.

3

Les Ailes de l'enfer

1 235 km/h, 10 000 mètres d'altitude, l'Airbus A380 fonçait au-dessus de l'Atlantique alors que je commandais un nouveau bloody mary à l'hôtesse de l'air. J'avais par le passé interviewé l'une de ces belles femmes entre deux âges, perpétuellement en jet-lag, toujours trop maquillées, pour les besoins d'un article sur les films diffusés dans les avions (qui étaient mutilés pour respecter les sensibilités du plus grand nombre, les programmateurs évitant de proposer *747 en péril*, *Les Ailes de l'enfer* ou *Des serpents dans l'avion*), et j'avais appris que l'une de leurs missions durant les vols était de clouer les passagers sur leurs fauteuils afin d'éviter tout risque d'incident, d'accident et de procès envers la compagnie aérienne. C'est pour cela que les hôtesses

offraient suffisamment d'alcool aux voyageurs (mais pas trop) pour calmer leur nervosité (difficile de ne pas penser à la faucheuse en grimpant dans un avion) tandis qu'on les hypnotisait à coups de comédie romantique.

Je n'avais pas le cœur à voir un film avec Sandra Bullock. Labouré par les griffes du chagrin, je sanglotais en regardant la mer de nuages défiler à travers le hublot comme un suaire sans fin ou un rouleau de sopalin. La mort brutale de mon père avait révélé la nature intime des choses : tout était plus vif, plus violent, plus précis, d'une douleur infinie. La dernière conversation téléphonique que j'avais eue avec Didier tournait en boucle dans mon crâne. C'était en novembre, il m'avait appelé pour me proposer de passer Noël en sa compagnie. C'était le seul moment de l'année où les Villages autorisent leurs citoyens à recevoir des membres de leur famille et aux moins de cinquante-cinq ans à résider quelques jours en Floride. « Tu verras c'est le paradis ici, m'avait-il dit avec enthousiasme. On n'a pas le temps de s'ennuyer : on peut jouer au golf toute la sainte journée et il y a de super soirées rock organisées dans les clubs. On va vraiment s'éclater ! Allez viens, je te paye le billet. » La perspective de me retrouver à danser sur *Sympathy for the Devil* en compagnie de mon père et de retraités cramés aux UV me fit froid dans le dos et je déclinai son offre sous le prétexte d'un « papier » à rendre durant cette période. « Bon, tant pis, dit-il, visiblement déçu. N'oublie pas de m'envoyer ton article quand il sera publié (mon père était mon plus fidèle lecteur, j'en étais à la fois flatté et un peu embarrassé), on remettra ça l'année prochaine. Je t'embrasse, fiston. » Ce fut la dernière fois que j'entendis le son de sa voix et je regretterai à jamais de lui avoir menti ce jour-là. Si j'avais accepté sa proposition, peut-être serait-il en ce moment même en train d'enlacer une splendide sexagénaire sur *Hotel California* au lieu d'attendre ma visite, les pieds devant, dans la cellule réfrigérante d'une morgue.

Le plus dur avait été d'annoncer son décès à ma mère. Même s'ils s'étaient quittés depuis la nuit des temps (je ne les avais jamais vraiment connus ensemble, l'époque était volage et la fidélité une valeur « bourgeoise » pour les jeunes hippies), un profond attachement les unissait encore. « Mais qu'est-ce qu'il a pu bien se passeeeeeer ? hurla-t-elle en éclatant en sanglots au bout du fil. Je n'aurais jamais dû le quitteeeeer... Si j'avais été là rien ne lui serait arrivéééé ! Tout ça c'est ma fauuuuute ! » Je raccrochai en lui disant que j'en saurais plus une fois sur place.

En regardant le parcours du long-courrier se dessiner en pointillé entre l'Europe et les Amériques sur l'écran face à moi (nous entrions à présent dans le triangle des Bermudes et j'en profitai pour commander un nouveau bloody mary), je me demandais une fois de plus ce qui avait poussé mon père à franchir le pas pour partir vivre là-bas. Après des années dans la fonction publique, la retraite avait sonné quand il m'annonça, lors d'un déjeuner dans un turc de la rue du Faubourg-Saint-Denis où il avait ses habitudes, qu'il quittait Paris pour les Villages-Unis de Floride.

« Je n'ai pas envie de finir ma vie dans cette ville pourrie, me dit-il en attaquant des keftas à coups de fourchette. La seule chose qui me retient ici, ce sont ces boulettes. Et toi bien sûr mon chéri. Mais tu es un grand garçon désormais. Tu voles depuis longtemps de tes propres ailes et tu n'as plus besoin que je te paye ta place de cinéma. »

Le souvenir du premier film qu'il m'avait emmené voir, le *King Kong* de Cooper et Schoedsack, surgit alors dans ma mémoire et je revis avec émotion le dieu singe combattre furieusement un T. rex pour sauver Fay Wray de ses crocs, au cœur de la mystérieuse île du Crâne. Didier aimait le cinéma et m'inocula le virus des salles obscures, attisa ma curiosité en me racontant les séquences clés de ses films préférés : le carnage final de *Taxi Driver*, la séance de roulette russe de *Voyage au bout de l'enfer*, la scène de la douche de *Psychose*. Il fut l'un des premiers à faire l'acquisition d'un magnétoscope, mais m'interdit de regarder *Massacre à la tronçonneuse*. Pour m'en faire une idée, je dus me contenter de la jaquette de la cassette vidéo (Éditions René Chateau) où un maboul en costard, portant un masque de chair, me fonçait droit dessus arme à la main, et surtout de la bande-son qui parvenait la nuit jusqu'à mon lit lorsque Didier regardait ce film banni. Entre les grincements du prélude, les rires déments d'un maniaque, les hurlements féminins incessants et le vrombissement démoniaque de la scie mécanique, j'ai ainsi imaginé *Massacre à la tronçonneuse* avant de le voir quelques années plus tard : le chef-d'œuvre de Tobe Hooper se révéla beaucoup moins violent que dans mon esprit, mais beaucoup plus dérangeant, me plongeant pour la première fois au cœur d'un cauchemar organique, d'une expérience physique comparable à celle d'un *bad trip* dans la chambre froide d'un boucher.

« Tu veux qu'on commande des côtelettes ? demanda Didier en me tirant de mes rêveries.

– Non merci. Et que devient Nicole dans cette histoire ?

– Nicole ? Mais elle m'a quitté il y a trois mois, je ne te l'ai pas dit ? » Il ne m'avait pas non plus annoncé, dix ans plus tôt, qu'il avait emménagé avec cette jolie, mais très « casse-couilles » selon ses termes, esthéticienne de quinze ans sa cadette. « Elle n'a pas supporté que je parte pour un pays où elle n'a pas l'âge requis. Je lui ai pourtant dit qu'elle pourrait me rejoindre dès qu'elle aurait cinquante-cinq ans et qu'en attendant je nous confectionnerais un véritable nid d'amour sous les tropiques. Elle a juste répliqué "Tu sais où tu peux te le carrer ton nid d'amour ? Va te faire foutre Didier !" avant de claquer la porte avec ses valises, dit mon père un peu dépité.

– Mais qu'est-ce qui peut t'attirer dans ce bled ? C'est juste un putain de ghetto de vieux à l'échelle d'un pays ! m'emportai-je en postillonnant des grains de boulgour dans sa direction.

– Écoute-moi, Choupi, ton papa vient d'avoir soixante ans et il a grosso modo vingt ans devant lui s'il n'est pas emporté par un cancer de la prostate ou une crise cardiaque. J'ai donné les plus belles années de ma vie à l'État français et je pense que j'ai désormais bien mérité de me dorer la pilule en Floride, d'aller claquer ma retraite sous les cocotiers. Et puis regarde-moi ça... » dit-il en me tendant son smartphone.

Je fis alors défiler sous mes yeux les images rêvées d'un monde idéal, celui où mon père allait s'épanouir en Birkenstock, bermuda militaire, chemise hawaïenne et panama de paille. Je vis des parcours de golf à perte de vue sculpter les reliefs d'un paysage enchanté, je vis des couchers de soleil titanesques embraser des champs d'orangers, je vis les eaux turquoise de milliers de piscines scintiller telle une nouvelle Voie lactée, je vis des centaines d'oiseaux multicolores prendre le ciel d'assaut au-dessus des terrains de tennis, de badminton et de volley, je vis des voiturettes de golf gravir la Yellow Brick Road jusqu'à un horizon lointain, je vis des hydroglisseurs filer au-dessus des nénuphars et des alligators, je vis des îles, des archipels et des atolls, je vis des plongeurs aux cheveux d'argent jouer avec des dauphins, des tortues géantes et des bébés requins ; je vis le jardin d'Éden.

Le dernier bloody mary m'avait plongé dans une torpeur sidérée lorsque soudain la cabine de l'Airbus fut violemment secouée de toutes parts. Les voyants lumineux s'allumèrent à l'unisson au-dessus de nos têtes en ordonnant aux passagers d'attacher au plus vite leur ceinture de sécurité. Les hôtesses tanguaient dans les couloirs en s'assurant que nous obéissions aux consignes. Nous traversions une zone de turbulences et j'eus tout à coup, sous la violence des secousses, le cœur qui battait à 180 bpm. En m'accrochant tel un forcené aux accoudoirs, j'invoquai – avec une rare intensité – le secours de Dieu : Yahvé pouvait être assuré que j'avais toujours cru aveuglément en sa Loi. C'était lui le big boss, le seul à pouvoir sauver nos âmes d'un crash fatal, à pouvoir épargner à nos corps d'exploser lors de l'impact final et de se volatiliser, un tronc par-ci, une tête par-là, à la surface d'un océan de flammes avant d'être grignotés par des bancs de merlans affamés. Pitié ! Je ne voulais pas terminer dans une barquette de surimi !

Au désespoir, j'ouvris l'obturateur de mon hublot pour constater avec effroi que nous traversions une scène d'apocalypse : la pluie tombait à verse sur l'aile de l'Airbus et des éclairs striaient un ciel noir comme le trou du cul du diable. La foudre frappa l'un des réacteurs et je vis l'ombre d'un instant la silhouette d'un enfant courant sur le métal dans ma direction. Sous les trombes d'eau, il portait un ciré jaune et des petites bottes rouges. Sous sa capuche, je crus discerner le visage d'un vieillard. Ou la gueule d'un chien. Un nouvel éclair le fit disparaître aussitôt et je rabattis brutalement l'obturateur pour tenter d'effacer au plus vite cette monstrueuse apparition. Bientôt l'appareil retrouva sa stabilité et mon cœur un rythme à peu près normal. L'avion amorçait désormais sa descente sur l'aéroport d'Orlando. « Mon Dieu, je vous fais le serment qu'une fois à terre je calmerai le jeu sur la picole, murmurai-je les mains jointes en prière. Croix de bois, croix de fer, si je mens je vais en enfer. »

4

La prise du royaume enchanté

Mon nom s'affichait en lettres majuscules sur l'écran de la tablette tactile tenue par un Cubain massif, moustachu et sans âge, qui m'attendait, stoïque derrière ses lunettes noires, à la sortie de l'aéroport. Après l'infernal contrôle des douanes (oui j'entrais sur le territoire des VUF pour une raison impérieuse, oui j'acceptais d'y séjourner durant un temps déterminé en résidence surveillée, oui mes vaccins étaient à jour, non je n'avais pas de camembert et encore moins de roquefort dans mes valises, non je n'étais ni musulman, ni communiste, ni jeuniste et ne projetais pas d'attentat kamikaze contre le Kennedy Space Center), j'étais soulagé de respirer à pleins poumons l'air tropical de la Floride et de regarder les palmiers se balancer avec indolence dans le bleu immaculé du ciel. Sans un mot, Alejandro (il portait un badge à son nom) s'empara de ma valise, la balança dans le coffre d'une berline anthracite aux vitres teintées puis m'ouvrit la porte arrière. Je compris d'instinct qu'il était inutile de tenter de communiquer avec cet être mutique qui ressemblait, avec sa peau grêlée, à l'un des tueurs de *Scarface* (oui, oui, celui avec la tronçonneuse) et baissai la vitre pour profiter du panorama durant notre voyage.

La banlieue d'Orlando se déclinait en une succession ininterrompue de zones résidentielles sécurisées constituées, au-delà de leurs murs d'enceinte, de larges maisons d'un seul étage aux tons pastel (j'apprendrais que les Villageois avaient le droit de choisir sur un nuancier entre « Cool Aqua », « Soft Peach », « Lavender », « Buttercup », « Pale Pink » et « Meadow Green ») dont les baies vitrées s'ouvraient sur des pelouses manucurées et des piscines étincelantes. Ceinturées de hautes grilles hérissées de flèches, les communautés fermées se développaient sur un plan en chandelier et chaque parcelle était séparée des autres par des haies d'un mètre de haut taillées au millimètre. Les habitants se déplaçaient en voiturettes de golf qu'ils stationnaient généralement devant la porte de leur garage. Aucun être vivant n'était visible dans les environs en ce milieu d'après-midi. Était-ce l'heure sacrée de la sieste ou celle de *General Hospital* ? Les Villageois s'abandonnaient-ils aux bras de Morphée ou à ceux de virils médecins et de plantureuses infirmières qui régnaient sans partage sur les soap operas depuis près d'un demi-siècle ?

Le paysage qui défilait à travers le pare-brise semblait plongé dans un coma artificiel : l'autoroute était quasiment déserte à part quelques camions de livraison, les parcours de golf et les zones marécageuses que je percevais au-delà des espaces d'habitation semblaient en suspension, prêts à s'évanouir sur la ligne d'horizon, à s'évaporer dans les airs comme des mirages ou un liquide inflammable. Le soleil sous les tropiques avait la faculté d'effacer les perspectives et de plonger les individus dans une forme d'inquiétude béate : il y avait quelque chose de menaçant dissimulé sous les palmiers, mais l'on acceptait très rapidement cette présence hostile comme une fatalité naturelle.

Un panneau au-dessus de ma tête indiquait la direction de Disney World. La prise du royaume enchanté avait été le dernier acte de la *silver revolution* qui avait mené la Floride à faire sécession avec le reste du pays sous la bannière des VUF. Tout le monde se souvenait des hordes de retraités en chino et polo défonçant à coups de hache les portes du château de Cendrillon, de Tic et

Tac jetés en feu du haut des remparts crénelés, de la tête de Pluto empalée sur l'antenne radio d'une voiturette de golf. Les images de l'insurrection, menée de main de maître par les héritiers de Harold Schwartz, étaient passées en boucle sur les chaînes d'information en continu à la manière d'une gigantesque campagne publicitaire dissimulée sous la façade d'un blockbuster télévisé. Lorsque le drapeau des VUF flotta au sommet du château et que l'État indépendant interdit l'accès du parc d'attractions aux enfants (ainsi qu'à leurs parents), ce fut le signal tant attendu du *gray flight*, soit une vague de migration sans précédent : c'est par millions que les seniors fondirent vers cette nouvelle terre promise qui s'engageait à leur offrir une vie rêvée et une infinité d'activités. Afin de s'immuniser contre un ennui mortel qui rongeait leur moral et ruinait leur santé, les retraités étaient désormais prêts à tout. Pour avoir le droit d'émigrer au paradis, il n'y avait que deux conditions à remplir : avoir plus de cinquante-cinq ans et être riche. Les Villages-Unis avaient visé juste dans leur business plan : jamais dans l'histoire de l'humanité une génération n'avait été aussi privilégiée. Plein emploi, salaires indécents, vacances aux quatre coins du globe, progrès scientifique sans précédent, espérance de vie en hausse fulgurante, consommation frénétique de biens culturels, implants capillaires et coups de bistouri à gogo, les baby-boomers n'avaient connu la guerre, les génocides et les catastrophes naturelles qu'à la télé. Les trente glorieuses les avaient élevés comme les enfants gâtés du XXe siècle et il n'y avait aucune raison que cet état de grâce, et de droit selon eux, change à l'entame du troisième âge de leur existence. Par tous les moyens nécessaires, la retraite serait un feu d'artifice pour cette vieillesse dorée. Ils voulaient la jeunesse éternelle ? Les VUF leur promettaient un avenir flamboyant. Les millennials rêvaient de leur faire la peau ? Ils les avaient éliminés de leur société. Au terme de la *silver revolution*, les seniors étaient-ils parvenus à domestiquer l'espace en le soumettant à leur principale volonté : vivre en harmonie et s'amuser entre eux, loin des désordres d'un monde qui n'était jamais parvenu à contrôler sa démographie, ses frontières, ni la hauteur de ses haies ? Je n'en avais pas la moindre idée. De mon côté, j'appartenais à la génération intermédiaire, la « Gen X », celle des *slackers*, de *Smells Like Teen Spirit*, de *Moins que zéro* et je n'en avais donc, par définition, « rien à cirer » de la guerre entre millennials et boomers. Je voulais juste enterrer mon père.

Au coucher du soleil, Alejandro sortit de l'autoroute pour s'engager sur une voie secondaire qui nous mena, en longeant d'infranchissables grilles dissimulées dans les fourrés, à l'entrée du « Village Vert » (sans doute un hommage aux Kinks, les boomers étant d'inconditionnels fans de rock) où un vigile sexagénaire dans une guérite (les seniors qui n'avaient pas assez cotisé pouvaient quand même accéder au paradis en acceptant d'y travailler) demanda une carte d'accès à mon sinistre chauffeur. La barrière se leva et nous nous engageâmes dans un circuit d'allées bordées de maisons similaires avant de stopper devant l'une d'entre elles. Contre toute attente, papa avait choisi « Cool Aqua » plutôt que « Lavender ». Alejandro m'ouvrit la portière. Après avoir récupéré ma valise, je le saluai d'un signe de la tête et me dirigeai vers l'entrée. Les fenêtres étaient éclairées. Quelqu'un m'attendait derrière la porte.

5

Ashes to Ashes

Ding dong ! la porte s'ouvrit sur un fringant Villageois en mocassins de daim, chino beige et polo Ralph Lauren rose qui me serra énergiquement la main en déclarant d'une traite : « Bonsoir, au nom du Village Vert je tenais à vous présenter nos sincères condoléances. Votre père Didier était un membre éminent, et très actif, de notre chère communauté. Il était aimé de tous et sa disparition laisse un vide qu'il sera impossible à combler, croyez-moi jeune homme. » Sa peau ridée cramée par des heures d'exposition intensive aux rayons du soleil faisait étinceler ses yeux bleus translucides et deux rangées implacables de bridges dentaires. Ses cheveux blanc optique étaient parfaitement coiffés. Le septuagénaire me prit alors violemment dans ses bras pour m'étreindre d'un vigoureux *hug*, une coutume nord-américaine toujours un peu déstabilisante pour les Européens. Lorsqu'il me libéra enfin de l'étau, je baragouinai :

« Et... et... à qui ai-je l'honneur, monsieur ?

– Isaac McArthur, pour vous servir, mais vous pouvez m'appeler Ike.

– Enchanté, Ike. Vous avez connu mon père ?

– Ça, on peut le dire mon garçon. On a fait les quatre cents coups ensemble. Je peux vous affirmer qu'il y en a plus d'une qui va le pleurer, Alain Delon...

– Alain Delon ?

– Oui, c'est ainsi que les femmes d'ici le surnommaient. Vous n'avez jamais fait le rapprochement ?

– Si, si », dis-je en me souvenant que la ressemblance avait été en effet frappante avec l'acteur lorsque Didier s'était fait larguer par sa seconde femme (une secrétaire qui s'était fait la malle pour un DRH). Mon père avait sérieusement accusé le coup en taquinant un peu trop la bouteille comme le Delon de *Notre histoire* qui incarnait, poches sous les yeux et barbe de trois jours, un garagiste « buveur de bière » au bout du rouleau qui tombe raide dingue d'une triste nympho, un soir dans un train.

« Et vous savez comment il est mort ? demandai-je fébrilement.

– D'après ce qu'on m'a raconté, il s'est pris les pieds dans un tapis, après une soirée arrosée au Flamingo, et s'est fracassé le crâne contre cette table basse », me dit-il gravement en désignant une table en verre devant le canapé du salon.

Face au canapé, il y avait un immense écran plasma. Sur la table, un cendrier propre et deux télécommandes sagement alignées. Au mur, une lithographie de Gauguin représentant deux Tahitiennes moroses sur une plage, à côté d'une bibliothèque vide et d'une lampe halogène. Je fis remarquer à Ike qu'il n'y avait pas de tapis dans la pièce.

« Ils ont dû l'enlever à cause du sang, répondit Ike soudain songeur. Il doit être au pressing ou au bureau du shérif Anderson, il faudrait le lui demander si vous voulez le récupérer.

– Je n'y tiens pas particulièrement, ce que je voudrais surtout c'est voir mon père. Vous savez où ils conservent sa dépouille ?

– Ouh là là... Je n'y crois pas... Ils ne vous ont pas prévenu ?

– De quoi ?

– Eh bien, en fait, ils auraient dû vous dire qu'il n'y a... »

Il y eut un instant en suspens où l'air se figea dans la pièce.

« Qu'il n'y a plus de dépouille, dit Ike dans un souffle.

– Plus de dépouille ?
– Je suis désolé, mais c'est comme ça que cela se passe ici.
– Qu'est-ce que vous racontez ? Mon père est mort il y a seulement trois jours !
– Je sais, mais on ne garde pas les corps aux Villages.
– Et qu'est-ce que vous en faites alors ? Vous les balancez aux alligators ?
– Non, rassurez-vous. On les brûle.
– Mon père ne m'a jamais dit qu'il souhaitait être incinéré !
– C'est la loi des Villages-Unis. Quand il s'est installé ici, quand il est devenu citoyen des VUF, il a signé tout un tas d'engagements, dont celui d'être incinéré en cas de décès.
– Où est l'urne funéraire ?
– Il n'y en a pas.
– Comment ça ?
– Il n'y a pas d'urne funéraire car il n'y a pas de funérarium dans les Villages et encore moins de cimetière.
– C'est complètement aberrant ! Et l'on peut savoir ce que vous avez fait des cendres de mon père ? Vous les avez jetées à la poubelle ???
– Non, rassurez-vous. Nous les avons dispersées avec quelques-uns de ses amis sur le green de son golf préféré. Je vous y amènerai si vous y tenez, ce n'est pas loin d'ici... »

Je m'effondrai sur le canapé.

« Je suis désolé. Je sais que c'est dur à avaler mais c'est le prix de notre liberté. Nous construisons notre pays au jour le jour contre le reste du monde. Nous avons besoin de règles et de lois pour préserver ce que nous avons bâti, me dit Ike en s'asseyant à mes côtés et en m'entourant les épaules de son bras velu. Si ça peut vous consoler, j'ai gardé un peu des cendres de Didier dans ce petit sachet. Il est à vous. Je vous laisse également ma carte et les clés de la maison. J'ai rempli le frigo mais vous pouvez m'appeler à tout moment si vous avez besoin de quelque chose, je suis à votre disposition. Didier était un homme formidable. Vous me faites beaucoup penser à lui. Essayez malgré tout de passer une bonne nuit. »

Je n'entendis pas la porte se fermer. Lorsque je sortis de ma stupeur, je remarquai qu'au-dehors l'orage grondait. En fouillant dans les placards de la cuisine, je dénichai une bouteille de tequila entamée et m'en envoyai une lampée. De retour sur le canapé, je pris le sachet que m'avait laissé Ike. Ce qu'il restait de mon père tenait dans le creux de ma main. On aurait dit un pochon de cocaïne. À travers le plastique, j'observai les granulés grisâtres qui ressemblaient à de la litière pour chat. Je bus une autre gorgée et une idée me traversa l'esprit, que je mis immédiatement à exécution : je saupoudrai les granulés sur la table en verre, pris la carte de visite d'Ike pour les écraser, traçai une grosse ligne de poudre, sortis un billet de ma poche, le roulai serré et sniffai le tout d'un seul coup. Shazam ! Au moment précis où les cendres de Didier pénétraient dans mes sinus direct vers mon cerveau, l'orage éclata dans un grand éclair. Oh putain, ça faisait super mal ! Mon nez en feu explosa en un geyser de sang qui se répandit sur mon T-shirt blanc. Je fonçai vers les toilettes, déroulai fissa du papier hygiénique et le fourrai dans mes narines pour stopper l'hémorragie. Quand je revins, le nez bien rembourré et le torse maculé, la pluie tombait à verse et je m'approchai de la fenêtre qui donnait sur la rue.

Sous les trombes, je constatai que la berline d'Alejandro était toujours là. Elle n'avait pas bougé depuis notre arrivée. Dans les ténèbres brouillées par les flots, je discernai la silhouette massive du Cubain au volant. Un éclair stria l'obscurité et je vis alors une figure enfantine dressée sur le toit de la bagnole. Le lutin, statique malgré la violence des éléments, portait un ciré jaune à capuche et des petites bottes rouges. Un nouvel éclair déchira le ciel et les traits de son visage se révélèrent à travers le rideau de pluie : c'étaient ceux de ma mère.

6

The Long Goodbye

Lorsque je m'éveillai le lendemain matin sur le canapé, le soleil était déjà haut dans le ciel. Je ne savais pas du tout où j'étais. Sans doute l'effet du jet-lag. Je regardai à travers la baie vitrée le ballet rassurant des arroseurs automatiques sur la pelouse avant de constater qu'Alejandro était toujours au volant de sa berline. En me dirigeant vers la cuisine, je m'interrogeais : était-il à ma disposition ou chargé de me surveiller ? Sur la porte de l'immense frigo, aucun des magnets souvenirs, aucune des photos de famille que l'on aimante d'ordinaire à côté de la liste des courses et des numéros d'urgence à appeler si l'on prend feu en démarrant un barbecue au kérosène ou si l'on découvre un anaconda dans la cuvette de ses toilettes. Seulement un post-it qui me souhaitait :

« Bienvenue au Village Vert. Ike. » J'ouvris le réfrigérateur pour constater que l'ami de mon père avait vu les choses en grand : j'avais de quoi tenir un siège. J'attrapai une canette de Coca et partis explorer la maison où Didier avait passé la dernière année de sa vie.

La chambre à coucher, impeccablement ordonnée, ressemblait à celle d'un hôtel haut de gamme : lit king-size avec une couette épaisse couleur crème, oreillers à mémoire de forme parfaitement disposés, table de nuit, lampe de chevet en cuivre avec abat-jour cacao, téléphone multifonction, aucun livre à disposition mais deux télécommandes posées en évidence. Face au lit, un immense écran plasma. Sur le côté, une armoire encastrée. Je regardai mon image dans le miroir : j'étais face à une créature entre deux âges, une allure juvénile dans un corps malingre d'adulte, un visage d'adolescent (yeux en coulisse, lèvres dessinées, joues imberbes, léger prognathisme) sous une abondante chevelure grisonnante. Mes premiers cheveux blancs étaient apparus très tôt, mais j'avais encore un peu de marge avant de faire appel aux services d'un coiffeur afin de les chasser à l'aide d'une teinture noir corbeau. J'étais plus embarrassé par une voix fluette qui lorsque je portais les cheveux longs me faisait passer pour une femme auprès de certains commerçants. Au fur et à mesure que le sablier s'écoulait, je devenais ainsi un sérieux candidat au club assez sélect de ces hommes qui ressemblent à de vieilles lesbiennes. La compagnie de Paul McCartney et de Warren Beatty ne me faisait pas peur. Qu'importe, ma mère me trouvait des airs de Hugh Grant. Une proximité physique qui me valut quelques succès auprès des nombreuses fanatiques de *Coup de foudre à Notting Hill*. La photo sur mon passeport ne mentait pas sur la marchandise : j'y avais bien la même tête de coincé que l'acteur anglais lorsqu'il s'était fait gauler par la police de Los Angeles en train de se faire sucer par une prostituée (la fameuse Divine Brown) au volant de sa BMW.

Je fis disparaître la vision en faisant coulisser le miroir : l'armoire ne contenait qu'une rangée de cintres qui attendaient patiemment un futur locataire. Où étaient les affaires de mon père ? Tout signe de son passage semblait avoir été effacé. Le bureau attenant à la chambre confirma cette impression : pas d'ordinateur, les tiroirs du secrétaire et les rayonnages de la bibliothèque étaient vides. Au mur, des photos génériques encadrées (une course d'aviron, un envol de flamants roses, un coyote hurlant à la lune), comme tirées au hasard d'une banque d'images. Même constat dans la salle de bains (shampooing et gel douche scellés, savon dans son emballage, pas de dentifrice, de brosse à dents, ni de médicaments dans l'armoire à glace) et la salle à manger (une large table en verre au centre de laquelle trônait un vase). J'évoluais dans une zone en transition qui avait été nettoyée du sol au plafond par des techniciens de surface, un espace fantôme désinfecté de toute trace de vie dans lequel j'étais un corps étranger, un intrus susceptible de déclencher l'alarme incendie en faisant tomber une goutte de Coca sur le sol en béton verni. Le purgatoire ressemblait à un magasin Habitat. Je me sentis tout à coup très sale dans cette maison témoin et retirai mon T-shirt souillé pour me jeter sous la douche.

Habillé de frais (jean déchiré, T-shirt Dinosaur Jr. et Converse douteuses : ma panoplie d'ado attardé n'avait pas beaucoup évolué au fil du temps), je me préparais un café dans la cuisine américaine lorsque je remarquai une porte dérobée du côté de l'évier. Elle donnait sur un garage plongé dans l'obscurité. J'actionnai l'interrupteur : le néon au plafond révéla par à-coups une voiturette de golf peinte en bleu-blanc-rouge au centre de la pièce. La clé était sur le contact. Sur les plaques d'immatriculation on pouvait lire « French LVR ». Mon père n'y était pas allé de main morte. Édith Piaf se mettait-elle à beugler *La Vie en rose* lorsqu'on allumait l'autoradio ? En faisant le tour du véhicule, je tombai sur des cartons empilés dans un angle et je sus qu'ils renfermaient les derniers témoignages de l'existence terrestre de Didier.

Je pris celui du dessus pour l'emporter dans la cuisine. Il contenait des vêtements d'hiver. Drôle d'idée de conserver un bonnet, des pulls de ski, des pantalons en velours côtelé et des grosses chaussettes en laine dans un pays où la température varie de 22 à 37 degrés entre l'hiver et l'été. J'eus plus de chance avec le second carton. J'en exhumai des dossiers étiquetés (impôts, banques, retraite, Villages, etc.) ainsi qu'un album photo. Je reconnus immédiatement sa couverture rouge et or : c'était celui de mon enfance. Je ne l'avais pas feuilleté depuis des années. Le décès de mon père le voilait désormais d'une aura funeste et j'eus l'impression en l'ouvrant de profaner une sépulture. C'était bel et bien une part de moi qu'on avait dispersée aux quatre vents d'un green, quelque part en Floride.

Le premier cliché était une photo de mon baptême (malgré des années dans les rangs du MLF, ma mère est restée très croyante) : je roupille en grenouillère dans les bras de mon père qui sourit à l'objectif, ses cheveux noirs sont bien coiffés, il porte un costard à carreaux et une cravate sur une chemise blanche. Ma mère à ses côtés me regarde en souriant, elle est très maquillée (yeux charbonneux, lèvres peintes), ses cheveux auburn sont attachés en arrière et elle est coiffée d'une raie au milieu. Sur une robe indienne, elle porte un châle noir sur ses épaules à la mode bohème. Alain Delon (dans *Les Granges brûlées*) et Françoise Lebrun (dans *La Maman et la Putain*) présentent leur enfant au Seigneur. Sur les photos suivantes, j'ai grandi. Je dois avoir deux ou trois ans. Nous sommes à la plage, sans doute sur la Côte d'Azur. Ma mère est à poil, mon père en slip de bain. Ses cheveux ont poussé, il ressemble cette fois à Dominique Rocheteau. Il y a également quelques clichés de l'appartement où mes parents ont habité un moment ensemble : je lis *Pif Parade* dans la cuisine avec une coupe au bol, mon père rigole dans un sweat Le Coq sportif, ma mère a l'air triste sous sa frange. Plus loin, j'ai dix ans et je suis sur le tarmac de l'aéroport d'Ajaccio avec un étui en plastique autour du cou contenant mes papiers d'identité au cas où l'on m'égarerait durant le voyage. Je pose en jean et polo blanc devant l'avion qui va me ramener à Paris. Les vacances sont terminées et j'ai envie de pleurer.

Si je remonte le fil du temps, la première déviation remonte à Lyon où mes parents se sont connus et aimés durant quelques années avant que leurs aventures respectives les éloignent et qu'ils se séparent. Didier partit travailler en Corse, Anne suivit son compagnon à Paris. J'étais dans ses bagages et j'abandonnai mon enfance sur le quai de la gare de Perrache. À l'arrivée, la ville était grise, hostile et je comprends si bien aujourd'hui les touristes victimes du syndrome de Paris : alors qu'ils pensent débarquer dans *Ratatouille*, ils se retrouvent prisonniers d'une partie de *Resident Evil* (avec des crackheads à la place des zombies à exterminer au fusil de chasse) et terminent leur séjour aux urgences psychiatriques. Très vite nous nous retrouvâmes, ma mère (larguée) et moi, dans une chambre de bonne au fin fond d'un 16e arrondissement lugubre, perdus quelque part aux abords du Parc des Princes, dans un quartier pris d'assaut (déluge de bouteilles de bière, rideaux de fer tirés, murs de CRS) par des hordes de hooligans les jours de match. Scolarisé au lycée La Fontaine de la sixième à la terminale, je fis une découverte déroutante : j'appartenais à un autre monde que celui de mes camarades de classe. Je fus émerveillé par leurs mères, ces femmes au foyer si bien coiffées, si bien habillées qui m'accueillaient à l'heure du goûter dans leurs appartements si bien décorés, si bien ordonnés avec la gentillesse et la distance qu'elles accordaient d'ordinaire aux enfants du concierge. J'aurais tant aimé qu'Anne leur ressemble. Mais ce n'est pas en enchaînant les boulots précaires (ouvreuse dans un cinéma porno, femme de ménage dans une maison de retraite) qui lui permettaient de remplir notre frigidaire que maman parviendrait à se payer un carré Hermès.

Je revois aussi des photos en noir et blanc d'un week-end improvisé à Étretat. Le vent souffle et il fait froid en haut des falaises. Ma mère, un foulard sur la tête, me prend dans ses bras pour me protéger. J'ai douze ans et je porte un teddy. Mon père, un blouson en cuir et une écharpe autour du cou. Je tire dessus pour rigoler. Sur le chemin escarpé du retour, je me souviens d'avoir dérapé : je suis tombé sur le coccyx et j'ai eu le souffle coupé pendant de longs instants. Mes parents ont eu peur, je crois. Il y a également deux photos déchirées dans l'album : sur la première, mon père a les cheveux très longs et une chemise blanche, il fume une cigarette, attablé dans un restaurant. Il a la beauté fatale de ceux qui se foutent d'être beaux. Je ne saurais jamais qui était sa compagne ce soir-là puisqu'il a décidé de l'arracher de sa mémoire telle une mauvaise herbe. Sur la seconde, en couleurs, on ne voit que sa tête surprise alors qu'il est en train de se laver, accroupi dans une baignoire. À treize ans, j'avais pris l'habitude de rentrer par effraction dans la salle de bains pour le prendre en photo dans le plus simple appareil. Ça m'amusait d'imaginer la tête du laborantin au moment où il développerait la pellicule. Que Didier ait conservé cette relique (comme une preuve irréfutable que l'adolescence est une épreuve embarrassante ?) me prouvait, une fois de plus, son amour.

En tournant la page je découvris une enveloppe kraft usée par le temps. À l'intérieur, il y avait un carnet délivré à mon père après qu'il avait effectué son service militaire. Sur la photo d'identité en noir et blanc, tamponnée en rouge par l'administration française, Didier porte une cravate stricte et une chemise crème sous une veste galonnée qu'on imagine kaki. Il a les cheveux très courts et ressemble à Alain Delon dans *L'Insoumis*. À la dernière page du carnet, une série de photos que je n'avais jamais vue. Des photos de garnison : mon père et d'autres conscrits sous une tente en train de faire bouillir une casserole sur un réchaud, jouant aux cartes en marcel sur un lit de camp, écoutant sagement un instructeur dans une salle de classe, faisant les cons en buvant des bières.

Je ne pus aller plus loin et refermai l'album avec une boule de pétanque coincée en travers de la gorge. J'avais besoin de respirer et j'ouvris en grand la baie vitrée. Quelque chose flottait dans l'air, quelque chose m'attirait à l'extérieur. Le paysage me regardait et je franchis le seuil en avançant en somnambule sur la pelouse étincelante. Le soleil, au zénith, figeait chaque figure (les haies, la maison d'en face, la route goudronnée, la berline d'Alejandro, les arroseurs automatiques) telles les images dissociées d'un rébus à déchiffrer. En pénétrant dans cette vision hyperréaliste d'un tableau de Magritte, je me transformais moi-même en un élément de l'énigme. J'étais un automate qui, en perdant des pièces au fur et à mesure de son évolution, modifiait les variables de l'équation. À l'aveugle, j'avançai pas à pas jusqu'à un précipice : le bord de la piscine. Elle était vide. Et comme l'a si bien écrit Raymond Chandler : rien, vraiment rien n'a l'air plus vide qu'une piscine vide.

7

La Poursuite impitoyable

Ayant grandi à Paris, je n'avais évidemment jamais passé le permis. Les laborieuses heures d'auto-école en compagnie d'un moniteur à l'haleine chargée étaient de toute façon dispensables à la conduite d'une voiturette de golf qui m'apparaissait comme une simple variation de la tondeuse à gazon. En sortant du garage, je fus étonné par la réactivité du véhicule : bon sang, au volant d'un tel bolide j'allais rapidement atteindre les cinquante kilomètres-heure ! Par précaution, j'attachai ma ceinture de sécurité et m'engageai sur la route. En jetant un coup d'œil dans le rétroviseur, je vis la berline d'Alejandro démarrer et me suivre à distance. La situation était totalement ridicule et j'arrêtai bientôt la voiturette, défis ma ceinture d'un geste sec pour me diriger au pas de charge vers la sombre voiture. Je toquai à la vitre fumée. Alejandro, toujours impassible derrière ses lunettes noires, la fit descendre. Je lui expliquai que j'allais au centre-village, que j'avais rendez-vous avec le shérif Anderson et qu'il pouvait donc m'attendre directement au commissariat au lieu de me suivre ainsi. Une fois ma tirade terminée, il remonta la vitre sans un mot. Je regagnai ma voiturette et repris la route. Alejandro fit de même à une trentaine de mètres derrière moi. Exaspéré, je réduisis ma vitesse de croisière à vingt kilomètres-heure. Et c'est ainsi que nous parvînmes, cahin-caha, au cœur du Village Vert en nous faisant régulièrement klaxonner par d'autres voiturettes (où je pus lire les sibyllins SPWR, DSTAMLS, MVGA ou K4F sur les plaques d'immatriculation) et dépasser par des grappes de Villageois à vélo en total look cycliste.

Le centre-village était une réplique à l'identique des petites villes américaines telles qu'on les voit dans les mélos flamboyants de Douglas Sirk ou dans *Peyton Place* : une rue principale (*Main Street* donc) dans laquelle on trouve des commerces (cinéma, drugstore, diner, alimentation, bricolage, vêtements, librairie), qui débouche sur une place verdoyante au centre de laquelle trône une statue en pied au milieu d'un bassin alimenté par des jets d'eau. Sur le pourtour : une église, une mairie, un tribunal, une caserne de pompiers, une clinique, un commissariat. L'ensemble donnait l'impression d'avoir été conservé durant des années sous cellophane, comme ces canapés que certaines personnes âgées protègent ainsi des sévices du temps (et de leurs petits-enfants). Le cœur du Village Vert semblait surgi d'un film des années cinquante et l'on n'aurait pas été surpris de voir tout à coup débouler Marlon Brando, tout de cuir vêtu sur sa Triumph Thunderbird, à la tête d'une bande de sauvages bikers s'apprêtant à violer la tranquillité de cette respectable bourgade. Mais quelque chose clochait dans cette image d'Épinal et je compris de quoi il s'agissait en m'approchant du commissariat (semblable à celui de *La Poursuite impitoyable* d'Arthur Penn) après avoir garé ma voiturette sur son parking : les murs du bâtiment avaient subi un effet vieillissant, la patine n'était pas due au cycle des saisons (relatif sous les tropiques) mais le fait d'un habile décorateur qui devait travailler d'ordinaire pour l'industrie du cinéma. On remarquait ainsi, par-ci par-là, des fissures, des écaillements et des moisissures reproduits artificiellement, en trompe-l'œil, grâce à de judicieux coups de pinceau. Le centre-village était en fait flambant neuf et évoquait ces décors de parc d'attractions qui vous embarquent dans un univers idéalisé : celui de la piraterie, du Far

West, du Moyen Âge ou de la préhistoire. J'étais plongé dans celui des baby-boomers.

Je grimpai les quelques marches qui menaient à l'entrée du commissariat : deux portes battantes encadrées de grossières colonnes qui ouvraient sur un hall éclairé au néon. Au fond, derrière un guichet en bois, un policier grassouillet en chemisette, lunettes cerclées et grosse moustache poivre et sel, se curait les dents. Je déclinai mon identité et la raison de ma visite. D'un signe de tête, chauve, il m'invita à patienter dans la salle d'attente, vide, après avoir inspecté mon visa, temporaire.

Au bout de quelques minutes assis sur une banquette face à une affiche des dix fugitifs les plus recherchés par le FBI (deux ans auparavant l'écorcheur du New Jersey avait réussi à franchir la frontière pour disparaître dans les environs de Jacksonville), je vis surgir au bout du couloir un bel homme au nez aquilin en costume beige moulant sur une chemise crème ajustée. Il portait en biais un petit chapeau de cow-boy assorti et une ceinture à la taille où étaient accrochés un revolver dans un étui en cuir et une paire de menottes. J'avais déjà vu cette silhouette quelque part : dans le film de Penn où Brando jouait le rôle d'un shérif qui se fait casser la gueule par un groupe de « justiciers » avinés. Une des nombreuses performances SM de Marlon. Décidément, l'ombre de l'acteur planait sur le Village Vert.

« Bonjour, vous êtes le fils de Didier, je suppose. Shérif Anderson. Suivez-moi dans mon bureau, nous serons plus tranquilles pour discuter », dit-il d'une voix traînante et nasillarde typique du Sud.

Je m'exécutai et remarquai qu'il balançait du fessier en marchant nonchalamment du haut de ses santiags.

« Vous êtes arrivé hier, c'est cela ? Pas trop décalé par le jet-lag ? me demanda-t-il en basculant sur sa chaise derrière son bureau

« Non, tout va bien, je vous remercie. Si j'ai pris rendez-vous avec vous, c'est pour que vous éclaircissiez les circonstances de la mort de mon père.

– Eh bien, permettez-moi d'abord de vous exprimer mes sincères condoléances. Votre père était devenu une personnalité appréciée de nos concitoyens, très engagé dans les différents clubs du Village et dans la protection de notre cadre de vie. Pour ce qui est de répondre à vos interrogations, légitimes, je vous dirai que votre père a été découvert inconscient chez lui un matin par sa femme de ménage, qui nous a aussitôt alertés. Sur place, nous avons constaté qu'il était décédé après s'être ouvert le crâne. Il baignait dans une mare de sang. Une mauvaise chute contre la table basse du salon, selon toute vraisemblance. Les analyses du médecin légiste ont conclu à une commotion cérébrale. Il avait également pas mal d'alcool dans le sang.

– Je pourrais consulter le rapport du médecin légiste ?

– Bien sûr, mais il faudra attendre le retour du Dr McConaughey.

– Ah bon. Il est parti où ?

– Un tournoi de golf sans doute. Vous savez, il y a très peu d'accidents de ce type aux Villages. La sécurité est pour nous une priorité. Les gens prennent soin d'eux, veillent sur leur communauté et ne mettent jamais leur vie et celle des autres en péril en se livrant à des activités illicites ou en provoquant des situations à risque par des comportements réprouvés par la loi. Je ne vous apprendrai rien en vous disant que la criminalité n'existe pratiquement pas dans les Villages-Unis. Et lorsque la violence survient, elle est le fait d'agitateurs extérieurs qui veulent mettre à mal notre système. Mon rôle est de prévenir ces incidents heureusement très minoritaires. Mon quotidien se résume donc la majeure partie du temps à régler quelques excès de vitesse – certains ont fait illégalement débrider leur voiturette –, des différends de voisinage – une haie mal taillée, un mur à faire repeindre à la bonne couleur –, et quelques incidents domestiques – un alligator dans la piscine ou un raton laveur coincé dans un tuyau d'évacuation. Je suis une sorte de "garde champêtre". C'est ainsi que l'on dit dans votre pays ? Et je ne m'en porte pas plus mal.

– Vous avez quand même une arme sur vous, lui fis-je remarquer.

– Ça, c'est pour le folklore. Elle est factice, dit-il avec un large sourire qui fit plisser ses yeux.

– Comment s'appelle la femme de ménage de mon père ?

– Selena Perez.

– Une Cubaine ?

– Naturellement, comme tous nos domestiques.

– Vous avez son adresse ?

– Je vais vous trouver ça. Passez-moi un coup de fil. Vous êtes ici jusqu'à quand ?

– Mon visa expire dans quelques jours. Le temps de mettre de l'ordre dans les affaires de mon père. Vous avez un certificat d'inhumation ?

– On vous fournira ça au plus vite. Vous n'avez pas d'autres questions ? » dit-il en faisant basculer son chapeau sur son nez tout en balançant ses santiags sur son bureau.

Une seule me brûlait les lèvres : « Avez-vous fait l'Actors Studio ? » mais je me ravisai.

8

Le messie des Villages

En sortant du commissariat, j'étais furax et marchais à grandes enjambées autour de la place pour me calmer. L'atmosphère y était apaisante. Bercé par le clapotis des jets d'eau et le cui-cui des oiseaux dans les palétuviers, je recouvrai mes esprits. Sur les bancs encerclant le bassin scintillant, des Villageois prenaient le soleil les yeux mi-clos et semblaient communier en silence dans un exercice de méditation, voire de télépathie, collective. Sous des casquettes et des visières colorées, leurs visages lissés et dorés inspiraient le recueillement et la sagesse d'une armée de bouddhas. Ils faisaient face à la statue qui trônait, tel un émetteur, au centre de ce curieux baptistère : une sculpture en bronze de Harold Schwartz. Le « père fondateur », tel qu'on le désignait sur la plaque scellée sur la stèle, était représenté en pied, chaussé de mocassins, vêtu d'un costume ajusté et d'une chemise au col ouvert. Entre deux âges, ses traits bienveillants étaient rassurants. Une main dans la poche, il ressemblait à un vendeur de voitures avec lequel on va faire de bonnes affaires. De l'autre (ouverte dans un geste christique), il désignait les eaux qu'il surplombait : la fontaine de jouvence promise à ses disciples.

Le messie des Villages avait vu le jour à Chicago au début du XXe siècle. Durant la Dépression, ce jeune homme courageux avait pris la route comme représentant de commerce afin de nourrir sa famille. Après guerre, il acquit des stations de radio émettant le long de la frontière mexicaine. C'est à Tijuana qu'il découvrit le disc-jockey Wolfman Jack, immortalisé dans *American Graffiti* en icône des sixties, qui fit la renommée du dynamique entrepreneur. Durant cette période, Schwartz se lança également dans la vente par correspondance de parcelles de terrain entre le Nouveau-Mexique et la Floride. La découverte du *Sunshine State* fut une révélation : c'est dans la banlieue d'Orlando qu'il créa le premier Orange Blossom Gardens, un parc de mobile homes destiné aux personnes âgées. Harold venait de planter une graine au cœur de la Floride qui bientôt fleurit aux quatre coins de l'État. C'est grâce à son fil Gary, publicitaire chevronné, qu'il fit fructifier ses « jardins de fleurs d'oranger ». Les maisons en dur ne tardèrent pas à remplacer les caravanes ; et les communautés fermées, les campements provisoires. Pour attirer l'incroyable vague de retraités du baby-boom qui arrivait sur le marché, les Schwartz eurent une idée géniale : le golf gratuit pour tous, tous les jours de l'année, sous un soleil immortel. Mais ce n'était pas suffisant : « Nous avons décidé d'accueillir les baby-boomers dans un cadre avec lequel ils étaient familiers quand ils étaient jeunes, déclara le créateur dans l'une de ses rares interviews télévisées. Nous avions besoin de créer un endroit qui ne soit pas vierge. Nous voulions qu'il paraisse… vieux. Pour cela, nous lui avons donné une raison d'être car toutes les villes ont une histoire. Ainsi nous avons décidé que les Villageois viendraient ici pour trouver la jeunesse éternelle, c'est-à-dire la fontaine de jouvence. » Le mythe était créé, les Villages furent baptisés et plus rien ne put les arrêter.

La mort de Harold Schwartz à l'aube du XXIe siècle, à l'âge canonique de quatre-vingt-treize ans, ne fut dès lors qu'une étape dans leur formidable expansion. Plus les Villages étaient nombreux, plus les Villageois étaient forts et plus leur voix était puissante du côté de Washington. La Floride était le plus important des *swing states* et c'est grâce à ses électeurs que Jane Fonda fut la première femme à ravir la présidence des États-Unis d'Amérique. Parmi ses promesses de campagne à la tête du Parti démocrate, le sex-symbol (Barbarella !), la militante contre la guerre du Vietnam (Hanoï Jane !), la championne d'aérobic (« *Feel the Burn!* »), la pionnière des droits des seniors (« *In gray we trust!* ») s'était engagée à promulguer une loi interdisant l'accès de la Floride aux moins de cinquante-cinq ans. Mais la Chambre des représentants et le Congrès, majoritairement républicains, l'en empêchèrent au terme d'une âpre bataille politique qui divisa profondément le pays en deux camps irréconciliables : les vieux contre les jeunes. Et c'est ainsi que Gary Schwartz et ses frères, à la tête de la *silver revolution*, mirent la Floride à feu et à sang (avec le consentement implicite de la présidente Fonda qui ferma les yeux sur la découverte de charniers de millennials qui horrifièrent l'opinion internationale et provoquèrent des émeutes dans les ghettos de jeunes) afin de repousser au-delà de ses frontières tous ceux et toutes celles qui n'avaient pas l'âge requis. Les Villages-Unis de Floride proclamèrent leur indépendance le premier jour du printemps. Depuis, les Villageois célèbrent la fête nationale le 21 mars, au son du *Forever Young* de Bob Dylan, en déposant des branches de fleurs d'oranger aux pieds des statues de Harold Schwartz qui veillent au cœur de chaque Village sur la prospérité de chacun de ses enfants aux cheveux blancs.

Je regardais les seniors sur leurs bancs comme les mutiques membres d'un culte. Étaient-ils des gardiens chargés d'éloigner les intrus de leur sanctuaire ? Des entités connectées entre elles par une force cosmique ? Les pionniers d'un nouvel âge de l'humanité ? Mystère. Louis Pauwels et Jacques Bergier auraient sans doute su résoudre le problème, mais je n'avais jamais lu *Le Matin des magiciens* qui avait plongé les baby-boomers dans un grand délire ésotérique et occultiste (la Terre creuse, les anciens astronautes, les ovnis nazis) flirtant avec l'extrémisme et nourrissant le complotisme tel un dogme florissant. Les gentils petits vieux qui prenaient leur bain de soleil sur la place du Village Vert se révélaient-ils en dangereux radicaux dès lors qu'un étranger posait le pied sur leur pelouse ?

Défricheur de l'autodéfense gérontocrate, Charles Rane montra l'exemple peu après l'indépendance. À soixante-quinze ans, ce vétéran du Vietnam résidant au Village de Woodville en banlieue de Tallahassee franchit clandestinement la frontière avec les États-Unis pour garer son SUV sur le parking de l'université d'État d'Albany. Il revêtit alors une tenue de combat (rangers, treillis, veste M-65 patchée aux couleurs des VUF, cagoule), s'arma d'un couteau de chasse, d'un Glock 45 et d'un fusil d'assaut AR-15 (sur le corps duquel était inscrit en lettres blanches « Youth Exterminator ») avant de fixer une GoPro autour de sa tête. Puis il se dirigea vers l'entrée de l'université après avoir déclenché un live Twitter sur son smartphone. Le direct fut interrompu vingt minutes plus tard, au moment où Charles Rane rendit les armes aux forces de l'ordre qui l'encerclaient. Il aura été vu par plus d'un million de personnes. La tuerie de masse fit trente-quatre morts et douze blessés graves. Dans le véhicule du retraité les autorités découvrirent un manifeste d'une centaine de pages, disponible également sur Internet, reprenant la théorie du grand remplacement si chère aux fanatiques.

Que les jeunes prennent la place des vieux était pourtant l'un des fondements de la loi naturelle. Les militants des VUF voulaient désormais renverser la vapeur : pour qu'ils règnent, la jeunesse et la mort devaient être anéanties. Dans cette guerre sans merci lancée contre l'ordre établi, contre la volonté divine, mon père avait-il joué un rôle ? Avait-il été séduit par la propagande des Villages ? Avait-il endossé les habits du loup ou ceux du Petit Chaperon rouge ?

J'en étais à ce point de mes réflexions lorsque je vis la berline d'Alejandro garée dans mon champ de vision. Le chauffeur semblait assoupi derrière son volant. Je frappai de la paume contre le toit du véhicule. Contrairement à mes attentes, il ne sursauta pas mais se contenta de baisser la vitre.

« Connaissez-vous une certaine Selena Perez ? » lui demandai-je sans ménagement.

En guise de réponse Alejandro rabattit son pare-soleil et je vis alors apparaître une photo scotchée à côté d'un portrait du pape. On y voyait Alejandro sans lunettes noires, tout sourire au côté d'une femme qui lui ressemblait comme deux gouttes d'eau. Mais sans les moustaches.

9

Cuba libre

« C'était le meilleur des hommes votre papa. Quand j'arrivais, le ménage était déjà fait. J'avais beau lui dire : "Monsieur, c'est à moi de faire tout ça. C'est mon travail. Je suis payée pour ça. Laissez-moi au moins le repassage et un peu de vaisselle !" Mais il n'y avait rien à faire. Il me répondait : "Vous savez, Selena, une belle femme comme vous ne devrait pas abîmer sa santé et ses jolies mains avec des produits ménagers, et puis je m'embête un peu dans cette baraque, ça me fait passer le temps." Mon service étant compris dans la location de la maison, il fallait bien que j'occupe mes heures. Alors je lui préparais des plats de mon pays, de la langouste aux poivrons verts, de la viande de crocodile marinée, notre picadillo… On discutait en cuisinant, je lui parlais de mes enfants qui sont restés à La Havane, il me racontait des histoires sur vous, me montrait vos articles, des photos. Il était très fier. Vous lui manquiez. Il insistait toujours pour qu'on déguste les plats ensemble mais je lui disais que je ne pouvais pas rester car je dîne généralement avec Alejandro qui est ma seule famille ici. Je lui ai appris à faire des cuba libre et il nous préparait des cocktails qu'on savourait au bord de la piscine en regardant le coucher du soleil. C'étaient des moments merveilleux, les meilleurs que j'ai passés aux Villages. La plupart des gringos sont très exigeants et ne nous traitent pas bien vous savez. Mais votre père n'était pas comme eux. C'est peut-être pour cela qu'il n'était pas très heureux ici. » Les grands yeux noirs de Selena s'embuèrent tout à coup et cette femme robuste aux cheveux teints tirés en queue-de-cheval éclata en sanglots dans la cuisine de son modeste appartement d'Orlando. Sous la reproduction d'une Nativité accrochée au mur fatigué, je plongeai les yeux dans le fond de la tasse de café que Selena m'avait préparée.

« Moi qui croyais qu'il avait trouvé le bonheur…

– Votre papa avait des amis, il jouait au golf, il faisait partie de plein de clubs, il avait des compagnes je crois, mais je vous mentirais en vous disant qu'il était bien ici. Moi je sais pourquoi je suis là. Lui, je pense qu'il ne le savait pas, dit-elle en séchant ses larmes avec un torchon.

– C'est vous qui l'avez trouvé ?

– Oui. Il ne répondait pas à la sonnette ce matin-là. Je me suis dit qu'il devait être sous la douche et j'ai utilisé mon double des clés pour ouvrir. Je l'ai appelé mais il n'a pas répondu. J'ai posé mon sac à main et mes courses dans l'entrée. J'avais prévu de préparer un moros y cristianos car il adorait ça. Il n'y avait aucun bruit dans la maison, c'était étrange car en général votre père écoutait la radio, des émissions en français ou des disques de rock sur la stéréo. Je me suis dirigé vers la salle de bains, il n'y avait aucun bruit. La porte de sa chambre était ouverte, alors j'y ai jeté un coup d'œil et j'ai vu que son lit était fait, ce qui était également inhabituel : c'était l'une des rares tâches qu'il me laissait faire. C'est à ce moment-là que j'ai senti une odeur bizarre : un mélange d'alcool, de charogne et de plastique brûlé. Comme lorsqu'on longe une décharge. Je suis allée dans le salon et je l'ai vu allongé sur le tapis, face contre terre, la tête baignant dans une mare de sang, et je me suis mise à hurler, dit-elle en se remettant à pleurer. Et puis j'ai appelé la police.

– Ils sont arrivés vite ?

– Oui, en cinq minutes le shérif Anderson était là avec ses hommes. Ils m'ont demandé de prendre mes affaires et de rentrer au plus vite chez moi.

– Pendant que vous les attendiez, vous n'avez rien remarqué de particulier sur le corps de Didier ?

– Eh bien... Je suis désolée de vous dire ça mais... c'est lui qui sentait mauvais. Ses habits étaient tachés, fripés et mouillés comme s'il avait pris la pluie, comme s'il était tombé dans un trou. Et puis il avait le visage tout bleu. Ça m'a fait très peur.

– Tout bleu ? Il avait des hématomes ?

– Non, juste une plaie sur le crâne d'où s'écoulait du sang. Mais il était tout bleu. Il ressemblait aux noyés que l'on repêche de l'océan, dit-elle en faisant un signe de croix.

– Les policiers ne vous ont pas interrogée ?

– Ils m'ont dit qu'ils me convoqueraient, mais ils ne l'ont pas fait.

– Ce sont eux qui m'ont mis votre frère sur le dos ?

– Non, c'est moi qui le lui ai demandé. Alejandro aimait beaucoup votre père et nous ne voulons pas qu'il vous arrive quelque chose.

– Qu'est-ce qu'il pourrait m'arriver ?

– Je n'en sais rien mais, vous savez, les Villageois sont des gens qu'il ne faut pas déranger, et la mort de votre père est un drame imprévu. On ne sait pas comment ils vont réagir, comment ils vont vous accueillir. Il vaut mieux être prudent.

– Ike n'a pas l'air méchant.

– Personne n'a l'air méchant dans les Villages. »

Au pied de l'immeuble de Selena Perez, Alejandro m'attendait dans sa berline. À l'instar d'Orlando, la plupart des grandes villes de Floride (Tampa, Jacksonville, Tallahassee) avaient été désertées par les Villageois lors du *gray flight* pour être livrées au lumpenprolétariat des VUF. C'est là que vivait, dans des conditions plus ou moins salubres, la main-d'œuvre étrangère – principalement des seniors cubains et mexicains – sans qui le paradis n'aurait été qu'un caniveau. Gardiens de parking, femmes de ménage, caissiers, éboueurs, jardiniers, cantonniers, électriciens, plombiers, dératiseurs, dames pipi, garçons de piscine, serveurs, livreurs ou chauffeurs comme Alejandro formaient un peuple de l'ombre qui œuvrait en coulisse pour que chaque jour le rideau se lève sur le jardin d'Éden. J'ouvris la portière et, tout en me vautrant sur la banquette arrière, balançai à son conducteur : « J'ai demandé à votre sœur si vous étiez réellement muet ou si vous répétiez le rôle de Bernardo, le fidèle serviteur de Don Diego de la Vega, plus connu sous le nom de Zorro. » Alejandro bougea alors la tête pour me regarder fixement dans le rétro. « Eh bien, apprendre que vous aviez juré sur la tête de San Lázaro de ne plus parler avant d'avoir gagné assez d'argent pour rentrer au pays, ça m'en a bouché un coin. Vous avez toute mon admiration Alejandro. » Sans un mot, le Cubain appuya sur l'accélérateur et la voiture fila à travers la ville.

Orlando n'avait rien des cités fantômes du *white flight* des années soixante-dix durant lequel les riches Blancs américains abandonnèrent les centres-villes aux pauvres pour se réfugier dans des banlieues cossues. Certes les poubelles s'amoncelaient aux pieds d'immeubles défraîchis ou en ruine, certes les routes défoncées obligeaient les véhicules à slalomer entre les trous et les crevasses, certes les feux de signalisation fonctionnant par intermittence provoquaient des accidents, certes des carcasses de voitures s'accumulaient sur les bas-côtés. Mais dans cet apparent chaos, la vie avait repris ses droits : les seniors cubains et mexicains vivaient dans la rue au milieu des marchands ambulants (légumes, poissons, viandes, cigarettes de contrebande), des vendeurs de tacos et de grillades et des réparateurs en tous genres (vélos, mobylettes, frigidaires, climatiseurs) qui opéraient à même la chaussée. La fumée des barbecues emplissait l'air d'odeurs pimentées alors que des enceintes déglinguées installées à chaque bloc crachaient à fond de la musique (de la salsa, du mariachi, du chicano rap, on ne se refait pas). Le long des trottoirs, de sexy sexagénaires à la peau basanée offraient leurs charmes et leurs formes en talons hauts, minijupe et décolleté profond. Les rutilantes berlines qui s'arrêtaient pour demander leurs tarifs et leurs spécialités étaient conduites par des Villageois en goguette. L'affaire conclue, les vieux tapins grimpaient à bord en direction des nombreux hôtels de la ville transformés en maisons de passe. Les voitures stoppaient également auprès de massifs Mexicains en lunettes noires et marcel blanc qui, avachis sur des chaises pliantes, arboraient sur le corps et le visage de cryptiques tatouages dilués par le temps. Contre quelques poignées de dollars, les seniors blancs pouvaient leur acheter toutes sortes de drogues : marijuana, cocaïne, héroïne, kétamine, méthamphétamine, ecstasy, MDMA, 3-MMC, fentanyl, xylazine, etc., etc.

Le cœur palpitant d'Orlando me ramenait au quartier de la Goutte-d'Or où j'habitais à Paris. Depuis de longues années, les Noirs et les Arabes y avaient développé une économie parallèle, illicite et sauvage. C'était le dernier bastion d'une capitale qui, dévorée par l'argent au seul bénéfice du tourisme de masse, avait dégagé au-delà du périphérique tous ceux qui n'avaient plus les moyens de se payer les services d'une pute de luxe. J'aimais vivre dans ce quartier africain car il me ramenait à une vieille fascination : lorsque j'étais enfant, sous l'influence d'une mère artiste peintre, je dessinais beaucoup et principalement des Noirs dont l'élégance innée me subjuguait déjà. Une attirance esthétique qui ne me quitta pas. Il y a quelques années, lors d'une soirée privée, je fis ainsi la connaissance de Fatima, princesse malienne dont la beauté barbare (joues scarifiées, rectitude parfaite, ardente et pure courbe des reins) n'avait d'égale que la folie éthylique. Après avoir descendu une bouteille de vodka, elle décida qu'il fallait à tout prix corriger la décoration de l'appartement dans lequel la fête était organisée et, soumis par son autorité magnétique, je l'aidai à balancer le mobilier par la fenêtre du cinquième. Manu militari, nous fûmes éjectés par les propriétaires. Dans la bataille, je perdis une chaussure, mais Fatima gagna un grand couteau de cuisine qu'elle brandit dans la rue pour arrêter un taxi. Nous rentrâmes à pied et la divinité s'endormit dans mon lit. À ses côtés, je restais tétanisé par sa présence radioactive, par la promiscuité de la grâce à l'état pur. J'étais incapable de m'en approcher ; jamais je n'aurais osé poser mes lèvres sur une peau plus noire que la plus noire des nuits, sur cette créature céleste tout droit sortie d'un panthéon nègre. J'avais trop peur de m'embraser, de partir en fumée, de me volatiliser dans les airs avant que le jour se lève.

C'est par l'entremise de Fatima que je rencontrai Angélique, l'une de ses meilleures amies, lors d'une nouvelle fiesta. Boucles brunes, yeux vert noisette, lèvres charnues et grains de beauté sur peau diaphane, la sculpturale Ch'ti s'abattit sur moi, ivre morte, du haut de son mètre quatre-vingts monté sur stilettos, pour un plaquage au sol et une séance frénétique de bouche-à-bouche. Je ne résistai pas à l'assaut et nous fîmes l'amour dans la foulée de manière assez désordonnée avant de devenir amis dès l'aube. La tornade cherchait un nouveau coloc dans son trois pièces-cuisine de Château-Rouge. Je venais de rompre avec une cinglée et emménageai aussitôt rue Léon. Si Angélique était une fille incontrôlable, et incontrôlée, dès le coucher du soleil, c'était également un être discipliné qui réglait ses journées comme une lente montée en puissance, comme une préparation méthodique vers le grand acte de ses sorties nocturnes. Je la regardais ainsi se maquiller, se coiffer, choisir la robe et les talons aiguilles « qui vont tout péter » avec l'assurance et le professionnalisme d'une artiste de haut vol. Entre deux coupes de champagne, Angélique savait magnifier ses atouts à un point extrême, létal, ses armes fatales étant sa collection de vernis à ongles (conservée dans le frigidaire), sa science du sèche-cheveux (qui résonnait sur les morceaux de gangsta rap qu'elle écoutait en boucle) et sa redoutable intelligence. Je ne savais pas trop ce qu'elle faisait de ses nuits et qui elle pouvait bien retrouver. Brouillée avec ses parents qui tenaient une baraque à frites dans le Nord-Pas-de-Calais, je ne savais pas non plus d'où elle sortait son argent. Était-elle entretenue par un prince arabe ou un oligarque russe comme elle le prétendait par provocation ? Je préférais l'imaginer telle une espionne dans un SAS négociant en fourrure et bottes de cuir des secrets d'État dans les alcôves des grands hôtels. Mais ce que j'aimais par-dessus tout dans mes journées passées en sa compagnie, c'était ses revues de presse avec sa copine Rachida, spectaculaire bimbo du 93 qui rapportait une brassée de *Voici*, *Closer* et autres *Oops !* à l'heure du thé pour un examen méthodique des ratés de la chirurgie esthétique chez le petit peuple des people. Didier passant un jour par là tomba sous le charme de l'infernal duo qui réglait alors son compte à cette pauvre Renée Zellweger, qui ressemblait désormais selon elles « à Mimie Mathy après une indigestion de fruits de mer » ou « à une vieille tranche de pâté en croûte abandonnée sur une aire d'autoroute ». Papa nous embarqua pour « se taper la cloche dans le meilleur argentin de Paris » où Angélique, Rachida et Fatima, qui se joignit à nous, s'attaquèrent à d'énormes pièces de bœuf sanguinolentes sous des flots de vin rouge tout en lançant des œillades enamourées à mon père qui n'en demandait pas tant. Je sais que, ce soir-là, il fut le plus heureux des hommes.

Lorsque je lui appris la mort de Didier, Angélique s'allongea à mes côtés, me prit dans ses bras et nous restâmes ainsi sans un mot jusqu'à ce que la nuit tombe.

Alejandro s'engageait sur un complexe échangeur autoroutier et je sortis mon téléphone pour envoyer un message à mon amie : « Miss You Angélique. Love from Nowhere. »

10

La chute d'Icare sur Miami Beach

Le soleil se couchait dans un dégradé pornographique lorsque la berline se gara sur le parking de la discothèque. L'anonyme bâtiment blanc aux murs aveugles était bordé de palmiers et, en regardant l'entrée surmontée du néon rose « Flamingo » qui inondait la façade comme un appel à la nuit, une invitation à l'oubli, j'eus un sentiment de déjà-vu : je n'étais pas venu là dans une vie antérieure mais l'endroit ne m'était pas inconnu. En tapant l'adresse sur mon smartphone, les images d'une veillée funèbre surgirent sur l'écran : il y avait des bougies, des fleurs et des photos de jeunes hommes déposées devant cette même entrée. Il y avait des mères, des pères, des frères, des sœurs, des amis, des maris, des amants qui pleuraient à genoux. Il y avait un arc-en-ciel peint sur du polystyrène au-dessus duquel était écrit « Orlando Strong ». Il y avait, dans le ciel, une enseigne sur laquelle on pouvait lire l'ancien nom de la boîte de nuit : Pulse.

C'était bien là, il y a des années, qu'un certain Omar Mateen mit à mort quarante-neuf homosexuels au nom du Prophète avant d'être abattu par le SWAT.

Sur les photos qui défilaient sous mes yeux, les murs du club étaient encore noirs. Il avait suffi d'un coup de peinture, d'un nouveau baptême et d'un néon pour effacer l'hécatombe de la mémoire des Villages.

L'entrée ne se fit pas sans difficulté. Malgré mes cheveux poivre et sel et la présentation de mon visa temporaire, le videur cubain (lunettes noires, veste en jean sans manches, tatouage du Che sur le bras) ne voulait rien savoir. D'un appel de phares, Alejandro régla le statu quo et la *velvet rope* s'ouvrit comme par magie. Je n'étais jamais retourné au Bataclan et c'est avec une certaine appréhension que je pénétrai sur cette autre scène de carnage.

Nous étions loin de l'affliction de rigueur et du recueillement exigé lors d'une cérémonie du souvenir. Le dancefloor était compact, rempli de têtes grisonnantes qui s'agitaient en cadence dans un flot de lumières artificielles fracturées par les stroboscopes. Sous une gigantesque boule à facettes, les femmes en minijupe moulinaient l'air de leurs bras dénudés tandis que les hommes en bermuda faisaient de l'air guitar en tapant du pied le sol en damier multicolore. Tous communiaient en beuglant à l'unisson le refrain du tube de Patti Smith : « G-L-O-R-I-A, Gloriaaaaaaaaaaaa ! » La pythie des boomers avait visé juste avec cette reprise héroïco-littéraire du standard de Them. Les corps des seniors s'excitaient face à la cabine du disc-jockey où trônait derrière ses platines un sosie de Jerry Garcia de Grateful Dead : casque audio vrillé sur une oreille, longs cheveux crépus grisonnants, barbe fleurie, DJ Bibi portait un T-shirt tie and dye sur son ventre bedonnant et des lunettes loupes en demi-lune au bout du nez pour ne rater aucun de ses enchaînements. Les premières notes, martiales et mystiques, du *White Rabbit* de Jefferson Airplane retentirent alors en *fade in* dans les haut-parleurs, provoquant des grognements de contentement sur la piste, et au moment où Grace Slick lança, en pleine montée psyché, sa fameuse sommation : « FEED YOUR HEAD ! », les Villageois tripèrent comme des damnés : l'extase était collective.

C'est au son du *Black Betty* de Ram Jam, « Whoa, Black Betty (Bam-ba-lam) », que je me dirigeai vers le bar. En me faufilant entre les vieux en polo ou chemise hawaïenne qui enchaînaient les drinks, je parvins à m'installer au comptoir. Un barman mexicain s'approcha de moi et je lui commandais un tequila sunrise. En sirotant le cocktail, qui évoquait du jaune citron au rouge sang la chute d'Icare sur Miami Beach (sous un petit parasol en papier carmin), je parcourais la salle du regard lorsque mon attention fut arrêtée par un groupe de trois femmes, attablées dans une alcôve léopard, qui chuchotaient en jetant des œillades dans ma direction. Je me dis que la présence d'un « jeune » au Flamingo devait être aussi incongrue que celle de l'abbé Pierre dans une partouze quand je vis l'une d'elles se diriger vers moi en titubant.

Malgré sa démarche hésitante, elle avait de l'allure : robe vert émeraude années cinquante ceinturée d'or découvrant des bras graciles et des chevilles de jeune fille s'élançant d'infinis talons aiguilles. Cheveux blonds permanentés, eye-liner et rouge à lèvres corail, son visage hâlé et racé évoquait celui d'une Angie Dickinson sexagénaire qui aurait eu recours à la chirurgie pour conserver un certain panache. Décidément, tout le monde jouait dans *La Poursuite impitoyable* dans ce bled. Il ne manquait plus qu'un vieux beau avec la gueule de varan tanné de Robert Redford et l'arrivée en majesté de la présidente Fonda dans le carré VIP pour compléter le casting.

« Vous avez vos papiers jeune homme ? » me lança la senior en équilibre précaire sur ses stilettos.

Je ne savais pas quoi répondre et la regardais avec la tête d'un lémurien face à un cobra royal. Ses yeux noirs étaient troubles, elle avançait et reculait son visage dans une tentative pour faire le point sur ma modeste personne.

« Vous savez que vous êtes une véritable pépite. J'ai l'impression d'avoir déniché le dernier spécimen d'une espèce disparue. Allez-vous vous laisser attraper ou dois-je faire appel aux services d'un gardien de zoo ? » enchaîna-t-elle tout en plaquant une main arachnéenne aux longs ongles peints sur ma cuisse.

J'étais pétrifié et ne trouvais rien à dire à part : « Ah, vous avez encore des zoos humains dans la région ? Vous avez mis des millennials en cage ? J'espère que vous conservez également quelques Noirs derrière les barreaux. Ça serait une jolie manière de commémorer le bon vieux temps des plantations.

– Ah ah ah. *Touché!* Je vois que monsieur a de la repartie. J'aime les gens d'esprit. Permettez-moi de vous offrir un verre pour fêter ça. Deux tequilas, Miguel ! Je devine à votre accent que vous n'êtes pas d'ici... Paris ? Aaah, la France, je l'ai parcourue avec mon troisième mari lors de notre voyage de noces : les plages du Débarquement – vous vous appelleriez Helmut sans notre intervention, ne l'oubliez pas, mon petit bonhomme, digressa-t-elle en me pointant du doigt –, les châteaux de la Loire, les vignobles bordelais, les champs de lavande en Provence, l'arrière-pays niçois, les calanques de la Côte Bleue… Marseille ressemble toujours à une poubelle ?

– À ciel ouvert, la grève des éboueurs y est depuis toujours une religion.

– Vous m'amusez. Permettez-moi de me présenter : Michelle. Aimeriez-vous m'accompagner dans un petit périple au-delà du réel ? Je cherche un compagnon de route…

– Désolé, mais je n'ai pas le permis.

– Pas besoin de savoir conduire, darling, dit-elle en sortant de son sac à main deux petits cachets roses. Allez, fermez les yeux et ouvrez-moi cette jolie bouche. » Docile, j'obéis et Michelle déposa sur ma langue une pilule que je fis glisser d'une rasade de tequila. Elle fit de même avant de me glisser à l'oreille : « Bon voyage… »

Une demi-heure plus tard, j'étais à bord d'un monte-charge qui fonçait à cent à l'heure vers la Voie lactée. J'embrassais Michelle à pleine bouche durant la vertigineuse ascension, lui déclarais ma flamme entre deux shots. Je dansais comme un possédé sur *Sympathy for the Devil* avec ma moitié qui pointait le ciel de ses index en criant « ouh ouh » sur le chœur des Stones. J'offrais des tournées aux Villageois qui me célébraient tel un des leurs : je me faisais des amis à vie, j'avais trouvé une nouvelle famille. Je sniffais de la kétamine dans les toilettes en compagnie de DJ Bibi qui me sourit à la manière du chat du Cheshire et tombais bientôt dans le trou du lapin. Jamais depuis la mort de Didier je n'avais été aussi heureux.

La fin de soirée se résume à une série de flashes : je vis une voiture qui filait dans la nuit, je vis une maison inconnue, je vis une chambre, des draps, les bras de Michelle qui m'enlaçaient, des seins siliconés dressés dans les ténèbres, des marques de maillot de bain sur des fesses musclées. Je sentis une langue dans mon oreille, un corps contre le mien, des cuisses qui me chevauchaient. J'entendis l'orage gronder, sentis la pluie s'abattre violemment contre la fenêtre. Je vis des éclairs dans le ciel, la silhouette d'un enfant derrière la vitre, la foudre révéler sa figure sous la capuche de son ciré jaune : c'était celle de mon père. Un nouvel éclair l'effaça aussitôt et je vis alors dans la brume électrique se dessiner les traits de mon propre visage.

11

Call me Carla Bruni

Je me réveillai encore défoncé au côté de Michelle qui dormait à poings fermés et c'est au prix d'efforts dignes d'un maître zen que je parvins à solidariser à nouveau mon esprit avec ma boîte crânienne afin d'observer l'espace dans lequel je flottais.

La chambre ressemblait à s'y méprendre à celle de mon père : le même lit king-size, la même couette couleur crème, les mêmes lampes de chevet, le même écran plasma face à moi… J'eus un moment de doute : étions-nous rentrés hier soir chez Didier ? Avions-nous souillé les draps d'un macchabée ? Je fus rassuré en remarquant une coiffeuse dans l'angle de la pièce où, sous un miroir à trois faces, un amas de produits de beauté, de bijoux étincelants et de brosses à cheveux cernait la tête nue d'un buste de mannequin qui me fixait de ses yeux vides. J'eus un nouveau doute et inspectai la chevelure qui reposait à mes côtés. Je tirai doucement sur les cheveux : la masse bougea d'un tenant vers moi. Michelle portait bien une perruque. Pourvu que je ne trouve pas une jambe artificielle au fond du lit ! me dis-je horrifié en me levant d'un bond pour aller uriner. Inutile de chercher les toilettes, la distribution des pièces était identique à celle de la maison de mon père, à quelques détails près.

Dans le salon, il y avait notamment une cheminée (quelle drôle d'idée sous les tropiques) sur laquelle étaient disposées des photos dans des cadres d'argent. On y voyait Michelle s'adonner à des activités en compagnie de différents compagnons : ils pêchaient l'espadon sur un yacht, traversaient les Everglades sur un hydroglisseur, plongeaient dans les eaux des Keys, golfaient en compagnie de Donald Trump, visitaient Disney World avec des oreilles de Mickey sur la tête, mangeaient des homards grillés à Palm Beach. Un véritable tableau de chasse. Tout à coup, mon cœur s'arrêta net : l'homme à côté de Michelle sous une rampe de lancement à Cap Canaveral n'était autre que Didier. Avec son panama en paille et son bleu de Chine, il souriait en enlaçant sa compagne qui portait de grosses lunettes noires siglées Gucci. Je revins chancelant dans la chambre avec la photo à la main et balbutiai : « Michelle… ne me dis pas… que… tu as… couché… avec mon père ! »

La senior s'ébroua sous sa perruque, entrouvrit ses yeux de biche gonflés par les excès de la veille comme s'il s'agissait de deux huîtres et regarda le cadre que je lui tendais. « Qu'est-ce que tu racontes ? Didier était ton père ? Oh mon Dieu ! *Call me Carla Bruni!* s'exclama-t-elle. Pourquoi ne m'as-tu rien dit ? Quelle honte ! Je ne sais plus où me mettre ! » avant de cacher son visage sous la couette. Je n'en revenais pas et m'effondrai en caleçon sur le fauteuil de la coiffeuse : quelle était la prochaine étape de mes exploits sexuels ? Coucher avec un sosie de ma mère ?

« Je suis navrée. Je ne pouvais pas savoir et en même temps j'aurai dû m'en douter : vous vous ressemblez tellement avec Didier ! C'est sans doute pour ça que je t'ai abordé au Flamingo. Si seulement tu m'avais dit pourquoi tu étais là ! » Il y eut un blanc où l'on ne percevait plus que le souffle de la climatisation puis j'entendis des pleurs sous les draps.

« Tu sais, avec ton père ça n'a pas été une histoire d'un soir, dit Michelle en relevant la tête et en ravalant les larmes qui barbouillaient son maquillage. Nous nous sommes vraiment aimés avant qu'il ne devienne obsédé par toutes ces histoires.

– De quelles histoires parles-tu ?

– Les morts, il était obsédé par les morts.

– C'est-à-dire ?

– Les morts de Floride. Didier réunissait des informations sur les grandes tragédies qui se sont déroulées ici avant la proclamation des Villages-Unis. C'est pour ça qu'il était si souvent au Flamingo car c'est là qu'il y a eu cet horrible massacre. Tous ces jeunes garçons tués par un fanatique... Tu t'en souviens ? Ton père arrivait à l'ouverture et repartait à la fermeture. On avait l'impression qu'il cherchait quelque chose, qu'il prenait des notes mentales afin de résoudre une énigme. S'il avait pu passer la boîte au Bluestar pour en révéler les traces de sang, il l'aurait fait, crois-moi. C'est à cause des morts qu'on a visité Cap Canaveral et le circuit de Daytona Beach... Mais ça, je l'ai appris plus tard. Tu sais, les Villages ont effacé la mort de leur mémoire. Nous pensons tous ici que nous sommes éternels. Comme la lune, le soleil et l'océan. C'est pour cela qu'il n'y a pas de cimetières ni de cérémonies funéraires. Les morts disparaissent comme par enchantement. On jette leurs cendres dans le vent. Ils s'évanouissent dans les airs. Les morts n'existent pas aux VUF car nous vivons un présent permanent. Quand il est arrivé, Didier a voulu y croire : il s'est inscrit dans des clubs, il s'est fait des amis au golf, il a couché avec toutes les femmes du coin et puis son attitude a changé quand il a commencé à s'intéresser à ces histoires. Il est devenu sombre et distant, souvent cassant. Il s'est mis à boire plus que d'habitude, à se faire des ennemis, à s'engueuler pour un oui ou pour un non. C'est à ce moment-là que nous nous sommes éloignés : je ne pouvais plus le supporter et je n'allais tout de même pas visiter tous les charniers de la région pour ses beaux yeux ! Quand j'ai appris sa mort ça a été un choc terrible ! Et maintenant je passe la nuit avec son fils... J'ai l'impression d'avoir couché avec un fantôme... dit-elle en se remettant à pleurer.

– Je suis désolé.

– Tu n'as pas à être désolé.

– Mon père se défonçait également ?

– Non, on avait juste pris du LSD une fois à Disney World, mais cela ne lui a pas réussi : la grande parade ressemblait selon lui à une armée de zombies et il voyait des cadavres d'enfants partout dans les manèges. Un mauvais trip.

– Il y a beaucoup de drogue dans les Villages ?

– Disons que ça circule et que l'on peut trouver tout ce que l'on veut dans les villes.

– La police n'intervient pas ?

– Le shérif Anderson ferme les yeux.

– Tu étais où le soir où Didier est mort ?
– Au Flamingo.
– Tu l'as vu ce soir-là ?
– Non, il n'y venait plus depuis quelque temps. »

Douchée, pomponnée et remise en selle grâce à un café noir et une ligne de cocaïne, Michelle me ramena chez Didier à bord de sa voiturette de golf immatriculée MVGA. En grimpant sur l'engin, je lui demandai la signification de l'anagramme : « Make the Villages Great Again. Une blague de Villageois... répondit-elle derrière ses lunettes de soleil.

– Je vois. J'ai également remarqué un SPWR...
– Silver Power.
– DSTAMLS ?
– Destroy All Millennials.
– K4F ?
– Aucune idée, Kortez for Fuckers ? Tous les Villageois veulent la peau d'AOC[1] depuis qu'elle a pris la tête des millennials.
– J'en ai entendu parler... Dis-moi on n'est pas rentrés là-dessus hier soir ? lui demandai-je alors qu'elle tournait nerveusement la clé de contact.

1. Alexandria Ocasio-Cortez, femme politique américaine se réclamant du socialisme démocratique. Elle fit ses armes dans l'ombre du défunt Bernie Sanders avant de rejoindre les rangs de Free Millennials.

– Non, rassure-toi ton Cubain s'est chargé du transport des animaux, dit Michelle en ajustant sa perruque dans le rétroviseur. Pas très bavard le molosse. »

Puis elle appuya sur l'accélérateur d'un coup de talon aiguille et la voiturette fila jusqu'en enfer.

12

Villages News Network

Je gérai la redescente de ma nuit d'excès en regardant la télé au fond du lit de Didier. Parmi le bouquet de chaînes proposées aux Villageois (Turner Classic Movies, Fox News, Bloomberg TV, Golf Channel, National Geographic Wild, QVC...) je m'arrêtais sur VNN, la chaîne d'information en continu des Villages. La majeure partie des programmes était consacrée à la météo, une obsession nationale qui pouvait friser l'hystérie à l'approche d'un ouragan, l'incertitude étant l'ennemi juré des personnes âgées. J'appris notamment, en écoutant un météorologiste qui ressemblait au Big Lebowski, que les orages étaient ici fréquents, violents et imprévisibles. La Floride était ainsi la région nord-américaine la plus touchée par la foudre (oh putain, je vis une bande de lutins dressée derrière la baie vitrée !). Pour répondre aux angoisses de ses citoyens quant aux caprices du climat subtropical, le gouvernement des VUF avait lancé un programme de simulations qui permettrait, grâce à un algorithme prédictif élaboré par la société equivant, d'anticiper les orages et les tornades. L'entreprise ayant fait ses preuves dans le domaine de la justice, qui évaluait désormais les risques de récidive des criminels grâce au logiciel Compas, le scientifique barbu avait bon espoir de bientôt être en capacité de prévoir où et quand la foudre frapperait (je n'en fus qu'à moitié rassuré).

Le bulletin d'information s'ouvrit sur l'accrochage de deux voiturettes à la sortie d'un mall dans la banlieue de Tampa. L'un des conducteurs en chemise hawaïenne, encore sous le choc, déclarait à une journaliste sur la scène de l'accident : « Je ne l'ai pas vue venir, elle devait rouler à vingt à l'heure ! » On enchaîna sur une brigade de pompiers maîtrisant un alligator qui avait trouvé refuge dans la fosse septique d'une senior énervée en T-shirt Metallica (« J'espère que cette saloperie n'a pas pondu d'œufs ! » grogna-t-elle l'œil mauvais) et sur un sujet sur le club de rock painting de Palatka : un atelier où des Villageois en blouse peignaient à même la roche, ou sur de modestes cailloux, des couchers de soleil, des natures mortes et des chevauchées d'étalons sauvages sous les directives (« *Feel the rock!* ») d'un chauve bodybuildé en saharienne. Avant de revenir à la météo, la journaliste plateau, une senior brune à mèche blanche taillée dans un costume rouge vif, lança la page des sports : le dernier carré du tournoi de golf Harold Schwartz était désormais connu et je vis le poing ganté du Dr McConaughey se lever au-dessus du green après la réussite d'un coup particulièrement retors. Crinière blanche sous casquette rouge, sourire à facettes, yeux bleu laser et peau cuivrée, celui qui avait autopsié Didier était en route vers la gloire. Je m'assoupis en regardant des vieux tirer à l'arc sur des portraits d'AOC.

Je me réveillai au son de *YMCA* : sur VNN, on revenait sur le concert virtuel des Village People (seul Felipe Rose qui incarnait l'Indien était encore en vie mais il était atteint de la maladie de Parkinson) qui s'était déroulé la veille à South Beach. Une des conséquences de la *silver revolution* et de la proclamation des VUF fut ce que les médias appelèrent « la bataille de Miami Beach », qui vit ses deux principales communautés, juive et homosexuelle, s'opposer avant de s'affronter pour le contrôle de la ville insulaire. Après des semaines de combats de rue sous les palmiers en feu où l'on érigea des barricades sur Ocean

Drive, où l'on mina les plages, où les cocktails Molotov volèrent contre les façades Art déco, où la villa de Gianni Versace explosa en mille morceaux, où les otages de la Shaare Ezra Sephardic Congregation furent exécutés par des retraités cagoulés, les VUF réussirent à réunir les belligérants à l'hôtel Delano. Au terme d'une nuit d'âpres négociations, on parvint à l'arraché à un partage du territoire : aux seniors juifs le nord de la ville, aux seniors homosexuels le sud. Un mur séparait désormais les deux camps au niveau de la 41e Rue. Qu'adviendrait-il des juifs homosexuels ? On murmurait l'existence de passages secrets et de tunnels clandestins.

J'éteignis la télé pour aller me préparer une omelette dans la cuisine. Puis, en cherchant des pastilles pour le lave-vaisselle, j'ouvris le placard sous l'évier et constatai que le carton contenant les dossiers administratifs (et l'album photo) de mon père était toujours là où je l'avais rangé. Un éclair traversa mon esprit et je fonçai jusqu'au garage. Mes craintes étaient justifiées : les autres avaient disparu. Volatilisés. Sans doute incinérés comme le fut le corps de leur propriétaire. Fallait-il que j'appelle le shérif Anderson ? Mon instinct m'en dissuada. S'il y avait quelqu'un capable d'un tel coup tordu, c'était bien lui. Pour me souvenir de Didier, il ne me restait plus que ma mémoire défaillante et un carton planqué sous un évier. Je l'emportai dans le salon et vidai son contenu sur la grande table en verre du salon.

Je planquai d'abord l'album photo dans ma valise puis disposai les dossiers les uns à côté des autres : Impôts, Banque, Retraite, Villages. Mon père avait toujours été un homme organisé et méthodique. Des années au service des ponts et chaussées avaient fait de lui un individu qui n'avait pas peur, contrairement à moi, de la paperasse administrative. Au fond du carton, je découvris son agenda. Je le parcourus vite fait : il était surtout composé d'échéances à honorer et d'anniversaires à fêter. J'eus un pincement au cœur à la date du 7 juillet, c'était en effet le jour de ma naissance et Didier ne l'avait jamais oublié. J'allais refermer le petit carnet noir quand mon attention fut attirée par un post-it rose fluo collé sur la dernière page. De son écriture en pattes de mouche (dont j'avais hérité), mon père avait noté :

- *Funny Games U.S.*
- *The Human Centipede (First Sequence)*
- *Hostel*
- *The Human Centipede II (Full Sequence)*
- *Hostel : Chapitre II*
- *King Pain: Beyond Good & Evil*
- *Audition*
- *Guinea Pig: Devil's Experiment*

– *Guinea Pig 2: Flower of Flesh and Blood*
– *Salò ou les 120 journées de Sodome*

Soit un florilège du *torture porn* : de la violence à l'état brut, des films sans limites. Mon père avait-il vu ces trucs insoutenables ou cherchait-il des idées de programmation pour le cinéma du quartier ? *Miss Daisy et son chauffeur*, *Sur la route de Madison* ou *Beignets de tomates vertes* me semblaient des choix plus appropriés pour des personnes âgées qu'une histoire de chirurgien allemand kidnappant des touristes pour les coudre les uns aux autres par la bouche et l'anus afin de former un mille-pattes humain. Je mis les dossiers Impôts, Banque et Retraite de côté pour ouvrir celui consacré aux Villages. Et la mort me sourit, de toutes ses dents pourries, pour m'entraîner au fond de la piscine.

Des corps calcinés, démembrés, décapités, noyés, broyés, éventrés, suppliciés, des terrains vagues, des sentiers, des culs-de-sac, des ruelles obscures, des parkings, des pissotières, des aires d'autoroute, des stations-service, des décharges, des chambres d'enfant couvertes de sang, de merde et de sperme, des baignoires remplies d'intestins, une tête dans la cuvette des toilettes, un torse dans un congélateur, une jambe coupée dans un champ de blé… Les documents photographiques réunis par mon père étaient accompagnés de centaines de notes manuscrites, de plans à main levée et d'articles de presse classés méthodiquement dans des chemises selon les lieux où les faits s'étaient déroulés. L'ensemble redessinait la carte de Floride aux couleurs du mal, esquissait une géographie souterraine qui obéissait aux seules lois de l'ultra-violence, composait un nouveau type de guide touristique invitant non à découvrir les splendeurs du *Sunshine State* mais bien à en explorer les égouts. À travers la masse d'informations réunies, je vis un point de fuite, je vis une architecture d'os et de viscères s'élever dans le ciel, je vis la dérive d'un esprit qui bascule peu à peu dans le vide, celui de quelqu'un qui perd le fil, qui se retrouve prisonnier du labyrinthe qu'il est en train d'échafauder. Et je sus à ce moment précis que, si je voulais découvrir la vérité, je devais suivre ce guide.

II

Soft Peach

13

Une piscine à Hollywood

Après une heure de route sur les highways dépeuplées, avec pour tout horizon un immuable panorama de communautés fermées, de golfs, de marécages et de zones commerciales, Alejandro me déposa, loin d'un Village Vert enfermé dans les terres, sur le Hollywood Beach Broadwalk : quatre kilomètres de promenade le long d'une perspective de palmiers pliée par les vents, d'une plage infinie de sable blanc et d'un océan à perte de vue. Un paysage de carte postale qui prenait la pose, en attente d'un événement quelconque.

En ce début d'après-midi, il n'y avait personne à l'horizon : les guérites suspendues des sauveteurs étaient vides, les parasols fermés, les transats à disposition... Seul le fracas des flots animait un tableau (de Giorgio De Chirico ? d'Yves Tanguy ? de Peter Blake ?) qui se figeait sous un soleil oppressant en un perpétuel présent. Même les mouettes avaient fini par clouer leurs becs. Les bars et les restaurants, au coude à coude en front de mer, étaient fermés et semblaient attendre l'ouverture d'une saison balnéaire dans un pays où l'été imposait pourtant sa loi sur la course du temps. Face à ces heures toxiques qui pouvaient réduire n'importe quel égaré en tas de cendres, les seniors avaient trouvé la plus redoutable des parades : la sieste, qui durant de sidérants instants de béatitude livrait le monde à son état sauvage, à sa primaire indifférence, à sa terrible violence. Apaisé par le tumulte des vagues, je marchais le long de la plage en ayant l'impression d'être la seule figure à parasiter cette hostile éternité. À l'angle de Harrison Street, je pris la direction du Hollywood Beach Tower à quelques pas du rivage.

L'hôtel dominait les flots de ses douze étages[1]. C'était un large bâtiment blanc cassé-vert d'eau dont la façade anonyme aurait très bien pu dissimuler des bureaux en place de chambres à coucher. L'entrée se faisait par une volée de marches

---

1. Par superstition, il n'y a pas de treizième étage en Floride. Dans les buildings, on passe généralement directement du douzième au quatorzième étage ou 12 A, B voire M. Le chiffre maudit disparaît également de la numérotation des sièges dans les avions de Village Airlines.

à l'angle d'une perpendiculaire à la promenade. Il n'y avait personne à la réception, qui ressemblait, avec ses plafonniers en néon, son décor de faux marbre et ses plantes vertes en pot, au guichet d'une banque. J'appuyai sur une sonnette disposée à côté de dépliants proposant des activités (plongée sous-marine, vols en hydravion, visite du musée de la *silver revolution*) dans les environs. Pas de réponse. Je sonnai à nouveau. Au bout de cinq minutes, une Cubaine aux cheveux tirés en queue-de-cheval déboula d'un corridor en bâillant. Avec une parfaite indolence, elle rajusta son chemisier dans sa jupe, passa derrière le comptoir, enfila la veste de son uniforme posé sur sa chaise et me lança un : « Bonjour monsieur, puis-je vous aider ? » J'eus un moment de flottement en découvrant son prénom, Maria, inscrit sur son badge. La régularité de ses traits (grands sourcils en arc de cercle, nez aquilin, lèvres ourlées, grain de beauté sur la pommette) évoquait ceux d'une María Félix ou d'une Eva Mendes. La soixantaine passée, et parfaitement maquillée, cette beauté fanée aurait pu jouer dans une série noire le rôle d'une de ces femmes fatales qui, après une vie d'amours, d'aventures et de déboires, se retrouvent vendeuses de lingerie dans un grand magasin, ou réceptionnistes dans un hôtel fantomatique, en attendant d'être rattrapées par la griffe du passé. Je lui tendis mon passeport.

« La 117 vous attend, señor, dit-elle après avoir pianoté de ses ongles peints sur le clavier de son ordinateur. Voilà la carte, votre chambre est située au onzième étage, le petit-déjeuner est compris et la piscine est accessible de 10 à 21 heures. Nous vous souhaitons un agréable séjour. »

Lit king-size posé comme un radeau sur une moquette bleu marine aux lignes mouvantes, lithographies d'algues ondulant dans les profondeurs, couette à motif coquillages, le décorateur du Hollywood Beach Tower avait joué la carte océanique. Les fenêtres qui s'ouvraient sur un balcon ne lui donnaient pas tort : la vue sur le rivage était stupéfiante et je pris une photo du panorama au crépuscule pour l'envoyer à Angélique. Elle me répondit aussitôt : « Waouh ! Tu m'as trouvé un sugar daddy ? Chaude patate sur un petit vieux en string ! » Je répliquais par un « J'y bosse xxx » puis je m'étendis au milieu des solens et des clovisses.

Des vestiges de ma mémoire apparut un souvenir enfoui. Lorsque je n'avais que quelques années, ma mère et son compagnon d'alors (un peintre nommé Bernard) avaient loué une ferme dans la Dombes, une région connue pour ses brumes et ses nombreux étangs. Pour m'occuper,

Bernard avait récupéré sur un chantier de grands blocs de polystyrène afin de confectionner un igloo dans son atelier. J'y trouvais refuge avec mes jouets tandis que Bernard peignait en faisant tourner sur la platine le second album de The Velvet Underground. Bercé par *The Gift*, *Lady Godiva's Operation* et *Here She Comes Now*, j'étais ainsi isolé du reste de l'humanité. Mais l'ennui finit par me gagner et je sortis la tête de ma tanière pour réclamer de l'attention, des distractions. Lorsque je devenais trop exigeant, Bernard ou maman s'emparaient de moi pour me déposer aux portes du domaine avant de repartir en courant. Le temps que je revienne à la ferme, ils avaient eu le temps de « travailler ». Un jour pourtant je ne revins pas. J'avais croisé le chien des voisins et partis en sa compagnie découvrir les environs. Nous traversâmes des champs et des forêts, nous vîmes des oiseaux s'élancer dans le ciel, nous surprîmes de mystérieuses bêtes en train de barboter dans les marais. Enveloppés par le brouillard, nous étions les explorateurs d'un monde inconnu. Des cris mirent fin à l'aventure. Au loin j'entendis ma mère appeler mon nom et la vis bientôt surgir au détour d'un chemin de terre. Elle avait eu très peur et m'enlaça dans ses bras. Nous prîmes alors la route qui me ramenait à mon igloo. Dans la chambre 117, je m'endormis en pensant au Grand Nord, à la fonte des glaces, à ces ours blancs perdus au milieu de l'océan, chancelant sur des fragments de banquise.

Lorsque je rouvris les yeux, le soleil était levé depuis des plombes. J'avais dormi comme une masse. Sous la douche, la perspective d'un luxueux petit-déjeuner (farandole de fruits exotiques, montagne de pancakes, petites saucisses grillées) qui m'attendait probablement au rez-de-chaussée affola mes papilles.

Au buffet du lobby, désert, je dus me contenter d'une banane et d'une portion de Vache qui rit pour accompagner un triste café tiré d'un thermos. Le ciel au-dessus du Hollywood Beach Tower était aussi morose que ses breakfasts, sans doute les prémices d'une journée pluvieuse, me dis-je en posant mon plateau-repas sur une table à proximité de la vaste piscine. Je m'assis sur une chaise en plastique. Pas âme qui vive dans les environs : étais-je le seul client de ce lugubre endroit ? Une branche stagnait dans les eaux bleuâtres et je me levais pour la ramasser quand je vis le bout de bois onduler frénétiquement à la surface. Mon cœur ne fit qu'un bond. Je n'en croyais pas mes yeux : il y avait un putain de serpent dans la piscine ! Je me précipitai à la réception pour alerter Maria. Personne. J'appuyai sur la sonnette comme un forcené… La belle Cubaine finit par surgir du couloir en bâillant. Étais-je coincé dans une boucle spatio-temporelle ?

« Il y a un serpent dans la piscine ! hurlai-je à son attention.

– Ça arrive les jours d'orage », se contenta de répondre Maria.

Elle me suivit jusqu'au bord du bassin. La créature était toujours là, gigotant dans tous les sens, excitée à l'idée de faire le mal, d'attaquer une victime innocente, de planter ses crocs dans la cuisse d'un être humain en maillot de bain. Maria revint d'une remise avec une pince fichée au bout d'un bras télescopique, saisit d'un geste assuré l'ignoble bête à l'aide de l'appareil à gâchette, la déposa entortillée sur le rebord. Puis lui éclata la tête d'un coup de talon aiguille avant de jeter sa dépouille, encore agitée de soubresauts sanguinolents, dans une poubelle. Le spectacle m'avait coupé l'appétit. Je regagnai ma chambre en abandonnant l'idée d'une tartine de Vache qui rit.

En pénétrant dans la pièce, je sentis une présence adverse. Avec son tissu bleu canard et son motif jaune à cercles concentriques, le fauteuil semblait m'observer. J'avais l'impression de le déranger, d'interrompre une conversation (un complot ?) entre les meubles. Les miroirs allaient-ils cesser de renvoyer mon reflet ? Le minibar allait-il avaler mon avant-bras au moment où je tenterais d'attraper une mignonnette de vodka ? Et si par mégarde je m'asseyais sur le fauteuil, basculerais-je dans la *Twilight Zone* ? dans un trou noir ? Je ne pris pas le risque et m'allongeai avec précaution sur le lit en allumant le téléviseur face à moi. Sur VNN, les prévisions météorologiques n'étaient pas bonnes. Je fourrai un K-Way dans mon sac à dos avant de claquer la porte au nez du mobilier.

14

Perdu sur une place de parking

En sortant de l'hôtel, le ciel au-dessus des palmiers était plombé et, dans les pas des pionniers repoussant la frontière à la recherche de la terre promise, je pris la direction de l'ouest. En arpentant le Hollywood Boulevard qui filait à travers la ville telle une flèche, le paysage s'offrant à moi le long du trottoir de béton (dépourvu des étoiles de son homologue angelino) était d'une uniformité typique des Villages-Unis : les villas pastel d'un ou deux étages, les garages, les voiturettes de golf stationnées dans les allées, les buissons, les plantes grasses, les pelouses et les haies taillées au cordeau sous une infinité de cocotiers formaient un décor tropical et mutique. Y avait-il une vie derrière cette monotonie de façade ? Les Villageois se terraient-ils dans leurs habitations, fuyant le mauvais temps comme les vampires la lumière du jour ? Seuls quelques camions de livraison sillonnant le boulevard venaient troubler la torpeur ambiante.

Abruti par le décor, contaminé par la léthargie, je marchais en somnambule lorsque je vis, à une dizaine de mètres devant moi, une statue figée sur la chaussée. En m'approchant, je compris que ce que je prenais en premier lieu pour une sculpture en pied était en réalité un homme d'une vieillesse extrême fixé à son déambulateur. Les bras tendus, la peau pendante, il ne bougeait pas d'un millimètre et évoquait un arbre mort qui aurait poussé jadis à travers le bitume. Derrière d'immenses lunettes fumées son visage n'était que sillons et crevasses fondus : un masque de cire retiré d'un brasier. Une casquette de base-ball protégeait un crâne chauve constellé de croûtes brunes et violacées. Chaussé d'une grosse paire de Nike, il portait un T-shirt noir XL sur un pantalon de jogging gris informe auréolé à l'entrejambe d'une imposante tache d'urine. Arrivé à sa hauteur, je lui demandai s'il avait besoin d'aide. Il ne réagit pas, ne répondit pas, totalement impassible. J'en conclus que je n'existais pas dans son espace mental. Les yeux clos et la tête tournée vers le ciel, le vieillard paraissait suivre la lente course du soleil derrière les nuages, ou attendre l'ascension de la lune.

Je l'abandonnai à ses sortilèges et continuai ma marche.

Au bout de quarante minutes de traversée de cette inquiétante réalité, je parvins aux abords de l'ArtsPark et franchis le rond-point végétalisé, où l'on célébrait à l'occasion quelques dates clés de l'histoire des VUF, avant de tomber en arrêt face à une stèle pyramidale surmontée d'une sculpture de bronze. Il s'agissait du buste d'un homme en costume-cravate. Son nom, Joseph Young, était gravé dans le marbre, au-dessus d'une légende, « Sa vision et son courage ont créé cette ville », en lettres capitales et d'une stèle racontant la fondation de Hollywood Beach.

En 1920, l'entrepreneur, originaire de l'État de Washington et ancien résident de Californie, foulait pour la première fois les terres sauvages de la Floride du Sud. Le coup de foudre fut immédiat : c'est là, face à la splendeur de l'Atlantique, qu'il allait construire *Dream City*. Une ville rêvée qui s'étendrait de l'océan jusqu'au bord des Everglades avec deux gigantesques lacs artificiels de part et d'autre d'une route fuyant vers le soleil couchant. La vision de Young était celle d'« une ville pour tout le monde, du plus opulent des industriels au plus humble des travailleurs ». En souvenir de ses années passées à Los Angeles, il la baptisa Hollywood et en devint le maire en 1925 alors que le marché immobilier atteignait des sommets, les spéculateurs immobiliers fondant sur le projet de Young dans une spectaculaire frénésie d'achat. Mais le rêve de Joseph Young se brisa net le 18 septembre 1926 lorsqu'un ouragan s'abattit sur sa ville, réduisant Hollywood en champ de ruines et laissant une quarantaine de victimes dans son mortel sillage. Après des efforts désespérés pour se relancer, Joseph Young perdit les avoirs sur son rêve en 1930. Le visionnaire n'était plus que l'ombre de lui-même et mourut d'une crise cardiaque à cinquante et un ans dans sa splendide villa de style mauresque, bâtie selon ses plans sur Hollywood Boulevard, qu'il avait réussi à conserver contre vents et marées.

Qu'aurait pensé Young de l'actuel Hollywood, édifié au fil des années par les promoteurs comme un vaste Village destiné aux seules personnes âgées ? Se serait-il reconnu dans cette cité dont le cœur semblait avoir cessé de battre ? En dépassant l'ArtsPark, j'atterris dans une zone commerciale et le soleil perçant à travers les nuages illumina le paysage urbain.

Surgis de nulle part, les Villageois affluaient vers une large bâtisse beige aux façades aveugles, le Hollywood Mall, comme si c'était jour de marché en France, dans une petite ville de Provence. Les voiturettes de toutes les couleurs prenaient d'assaut les places de parking et les seniors se retrouvaient sous les palmiers pour former des groupes qui papotaient. Les hommes portaient des casquettes ou des panamas, des polos ou des chemisettes colorées, des bermudas kaki et des Birkenstock, les femmes des visières, des marcels ou des T-shirts pastel sur des joggings ou des leggings, des sandalettes ou des Crocs. Tous avaient des cheveux blancs parfaitement coiffés et des lunettes de soleil. Des couples de vieux sortaient du mall en poussant des caddies remplis de fournitures, ils saluaient leurs connaissances au passage et formaient bientôt de nouveaux groupes au hasard de leurs rencontres pour commenter les bonnes affaires qu'ils venaient de réaliser, les prévisions météo ou les derniers potins des Villages. On prenait rendez-vous pour un barbecue, un concert virtuel des Beach Boys ou une partie de padel. On s'informait de la bonne santé de chacun, les sourires étincelaient, les rires fusaient et l'on s'étreignait de généreux hugs à tout bout de champ. De ce joyeux ensemble émanait le sentiment d'une communauté soudée, d'une utopie accomplie, d'un monde nouveau.

Je consultai le plan du Hollywood Mall dessiné par mon père afin de me diriger sur le parking. J'étais face à la sortie de l'enseigne Sears et je n'eus que quelques mètres à franchir pour trouver la place exacte, marquée d'une croix, où

Ottis Toole avait garé sa Cadillac et entraîné le petit Adam Walsh vers la mort.

D'après les documents réunis par Didier, la tragédie s'était déroulée le 27 juillet 1981 en fin de matinée. Adam Walsh, six ans, accompagnait sa maman, Revé Walsh, au Hollywood Mall. Elle voulait se renseigner sur le prix d'une lampe chez Sears et laissa son fils au comptoir Atari devant une console en démonstration avec d'autres garçons de son âge. Lorsqu'elle revint à 12 heures , les enfants avaient disparu. Le responsable lui expliqua qu'une bagarre avait éclaté et qu'un agent de sécurité avait exigé qu'Adam et les autres gamins soient dispersés. Revé partit aussitôt à sa recherche durant quatre-vingt-dix interminables minutes avant d'alerter la police.

Le 10 août, une tête coupée fut trouvée dans le canal de drainage le long de la Florida's Turnpike près de Vero Beach, soit à plus de deux cent dix kilomètres de Hollywood Beach. Il s'agissait de la tête d'Adam Walsh. Le légiste conclut que la cause de sa mort était l'asphyxie. Le reste de son corps ne fut jamais découvert.

Le principal suspect, un vagabond nommé Ottis Toole, affirma avoir attiré le petit Adam dans sa Cadillac blanche, garée sur le parking du mall, en lui promettant des bonbons et des jouets. En route, le garçonnet paniqua et Toole le frappa à coups de poing jusqu'à ce qu'il perde connaissance. Arrêté sur une route déserte, Toole comprit qu'Adam était encore en vie. Il l'étrangla alors à l'aide d'une ceinture de sécurité avant de lui trancher la tête avec une machette et de la jeter au loin dans les fourrés. Le cadavre décapité aurait été incinéré chez lui dans un vieux réfrigérateur.

Ancien amant et complice du tueur en série Henry Lucas, Ottis Toole se rétracta par la suite, mais la police conclut finalement qu'il était bien le meurtrier d'Adam. Mort du sida derrière les barreaux en 1996, il ne fut jamais jugé pour ce crime.

Je regardai une photo d'Adam Walsh, celle qui avait servi pour son avis de recherche : un petit garçon aux cheveux blonds, aux yeux bleus, qui sourit à la caméra dans sa tenue de base-ball. Il tient à la main une batte et il lui manque les dents de devant. Je regardai ensuite le *mugshot* de son assassin : sourcils bas, yeux noirs espacés, large nez écrasé, calvitie brouillonne, barbe hirsute, lèvres dessinées au sécateur, dents pourries, bec-de-lièvre... Une bonne recrue pour un *slasher*.

Autour de moi la frénésie ambiante contrastait avec mes sinistres recherches. Mon père avait arpenté ce même parking comme la mère d'Adam le jour de sa disparition. Mettre mes pas dans les leurs me menait-il quelque part ? Suivre le « guide » de Didier avait-il un sens ? Je n'en avais pas la moindre idée. Je me sentais coincé dans une impasse et abandonnai les Villageois à leurs mondanités sous un soleil éblouissant.

Sur la route du retour, la ville n'avait plus rien à voir avec celle que j'avais découverte à l'aller : les restaurants, les cafés et les magasins étaient ouverts, bruyants, peuplés de clients grisonnants, les boulevards encombrés de voiturettes qui zigzaguaient comme dans une partie de *Mario Kart* et une chorale avait pris place sur une scène montée au cœur de l'ArtsPark où des retraités répétaient un tube de Fleetwood Mac intitulé *The Chain*. « *Listen to the wind blow, watch the sun rise...* » Les paroles de la chanson filaient haut dans le bleu d'un ciel d'une pureté absolue.

Le hall du Tower était saturé de clients, pour la plupart des seniors chinois, et j'eus du mal à me frayer un chemin jusqu'à la réception où Maria officiait en compagnie d'une autre Cubaine. Je parvins à récupérer ma clé et filai jusqu'aux ascenseurs. Lorsque je pénétrai dans la chambre, la télé était allumée. Avais-je oublié de l'éteindre ou le mobilier avait-il décidé de regarder un épisode de *House Hunters* durant mon absence ?

15

Papa ?

« Papa ?… Papa ?… Papa ?… »

Hollywood Beach Tower, chambre 117. Quelque part dans la nuit une petite voix, étouffée, lointaine, atone, parvint jusqu'à moi. J'ouvris les yeux et regardai le radio-réveil : 0 h 12. J'avais peur, j'étais seul dans le noir.

« Papa ?… Papa ?… Papa ?… »

La voix n'était pas dans ma tête, la voix était dans la pièce, à ma portée. Au clair de lune, je me levai pour en trouver la source. J'inspectai chaque recoin : rien sous le lit ni derrière le fauteuil, rien derrière les rideaux ni dans la salle de bains.

« Papa ?… Papa ?… Papa ?… »

Elle était pourtant là cette voix, si menue, si fragile, enfouie dans les ténèbres, comme échappée d'un tombeau ou du plus profond d'un puits.

« Papa ?… Papa ?… Papa ?… »

J'ouvris tout à coup le minibar et dans la lumière du néon m'apparut au milieu des mignonnettes de vodka et des canettes de soda la plus terrifiante des visions : la tête tranchée d'Adam Walsh me regardait droit dans les yeux.

« Papa ! Papa ! Tu es là ! » s'exclama le petit garçon avec un grand sourire édenté. Son visage était bleuâtre, recouvert d'hématomes et de sutures. Je n'avais jamais rien vu de tel durant mon existence. Foudroyé par l'horreur, par la tristesse, par le vertige, je tombai sur la moquette et reculai à toute vitesse pour me plaquer contre le bord du lit.

« Papa ? Papa ? C'est bien toi ? interrogea la voix.

– Non, non, non, je ne suis pas ton papa… »

Putain de bordel de merde ! J'étais en train de parler à une tête d'enfant décapité !

« Où est mon papa ?

– Je… je ne sais pas.

– Tu peux m'aider à le retrouver ?

– Je… je ne crois pas.

– Tu sais qui m'a fait ça ?

– Oui je le sais…

– Tu sais pourquoi il m'a fait ça ?

– Non, personne ne le sait, lui dis-je les larmes aux yeux.

– Tu sais qui je suis ?

– Oui je le sais.

– Tu connais ma maman ?

– Non, mais je connais son nom.

– Tu connais mon papa ?

– Non, mais je connais également son nom.

– Tu crois qu'ils m'ont oublié ?

– Non, non, non, je ne crois pas que cela soit possible de t'oublier. » Les larmes coulaient à présent sur mes joues.

« Tu crois que tu peux me sortir de là ?

– Oui, je peux te sortir de là. Dis-moi seulement ce que je dois faire.

– Va chercher des glaçons dans le distributeur et mets-les dans un sac plastique. Puis tu me mettras dedans, et ensuite je te montrerai quelque chose... »

Je m'exécutai et nous sortîmes en silence de la chambre. Dans le couloir, la tête pendait au bout de mon bras.

« Va tout droit... me dit Adam dans le sac rempli de glaçons. Appelle l'ascenseur. »

J'obéis et nous prîmes place dans la cage.

« Descends au sous-sol. » J'appuyai sur le bouton.

– 1 : la porte de l'ascenseur s'ouvrit sur un vaste dortoir plongé dans l'obscurité. J'allumai la lampe de mon téléphone qui révéla un alignement de lits de camp.

« Ce sont les mamans, dit la petite voix d'Adam. Elles vont bientôt avoir des enfants. »

J'approchai le faisceau lumineux des corps endormis : des jeunes femmes dans des chemises de nuit, toutes enceintes. Nous entendîmes alors des murmures et des soupirs quelque part dans les ténèbres.

« Il faut aller jusqu'au fond. »

J'obéis, les chuchotis étaient plus distincts à mesure que nous avancions. Nous franchîmes une porte, descendîmes quelques marches et pénétrâmes dans une salle d'opération violemment éclairée.

Les deux jambes écartées dans un fauteuil d'accouchement, une jeune fille en blouse régulait son souffle. Elle était en nage, toute rouge, les cheveux collés contre le visage. Face à elle, une vieillarde en tunique cramoisie, longs cheveux blancs lâchés, était gantée de caoutchouc et armée de forceps. Elle ressemblait à la sorcière des *Contes de la crypte*. Deux lutins en ciré jaune l'assistaient.

« Pousse, pousse, pousse ! » ordonna la vieillarde.

La jeune fille s'exécuta dans un gémissement qui se transforma en cri.

« Pousse, pousse, pousse ! Je vois sa tête ! »

La gamine hurlait maintenant.

« Il est là, un dernier effort et tu seras délivrée ! » dit la vieille en plongeant les fers entre les cuisses.

Les hurlements n'étaient plus qu'un grondement constant, un magma de souffrance capable de soulever la terre. Tout à coup, en un éclair, la sorcière éleva une forme noire et sanguinolente au-dessus des chairs suppliciées.

La forme était recouverte de poils.

La forme aboya.

« Ce n'est pas un enfant... c'est... c'est... un bébé chien ! » dit Adam dans son sac.

Je rouvris les yeux à ce moment-là : j'étais en pyjama dans le hall de l'hôtel. Je tenais à la main un sac plastique rempli de glaçons. Il n'y avait pas de tête d'enfant à l'intérieur. J'ouvris une porte-fenêtre afin de respirer à pleins poumons l'air marin et tenter de me raccrocher à un semblant de réalité.

Je perçus une silhouette allongée sur un transat qui fumait une cigarette au bord de la piscine. Je m'approchai du bassin qui scintillait tel un miroir brisé sous la voûte céleste.

« Vous allez bien, señor ? Vous avez besoin de quelque chose ? »

Je reconnus la voix de Maria.

« Non, non, pas du tout, répondis-je. J'ai juste fait un horrible cauchemar.

– C’est l’un des problèmes de cet hôtel. On se croirait parfois dans *Shining*, dit-elle amusée. J’espère ne pas finir avec une hache plantée au milieu du crâne…

– En effet, je ne vous le souhaite pas, dis-je en m’asseyant à ses côtés.

– Vous avez passé une bonne journée ? me demanda Maria en tirant sur sa cigarette.

– J’ai visité la ville. Le Hollywood Mall notamment.

– On y fait de bonnes affaires je crois. Les Villageois en raffolent.

– Vous n’êtes pas une habituée ?

– Je n’en ai malheureusement pas les moyens », répondit-elle en écrasant la fin de sa clope.

Un silence stellaire s’abattit sur nous et l’on n’entendit plus que le murmure des palmiers bercés par le vent.

« Je vous souhaite une bonne nuit, señor, dit Maria en se levant.

– Bonne nuit, Maria. »

Sa silhouette disparut dans les ombres de l’hôtel et le reflet mouvant de la lune à la surface des eaux noires de la piscine se figea alors en une grotesque tête de mort. Je n’avais plus rien à foutre là et décidai de filer dès l’aurore.

16

L'exclusion de Tick-Tock Croc

14 juin 2016. Le soleil s'est couché sur le royaume enchanté et les familles ont sagement regagné leurs hôtels après avoir dîné dans un restaurant à thème du parc d'attractions. Les Graves sont venus d'Elkhorn dans le Nebraska et veulent profiter de la douceur de la nuit de ce beau mois de juin. Avant de rentrer à l'hôtel, ils s'attardent donc aux abords du Grand Floridian Resort & Spa. Aux pieds de la vaste bâtisse blanche de style victorien, Matt et Melissa s'asseyent sur la plage du Seven Seas Lagoon, un des nombreux lacs artificiels de Disney World, et regardent Lane, leur fils de deux ans aux grands yeux bleus, barboter dans les eaux sombres à quelques mètres d'eux, lorsque tout à coup, en un éclair, une forme surgit des flots, ouvre ses

crocs et s'empare du petit corps. Melissa hurle, Matt se précipite dans la lagune, parvient à saisir l'animal, tente de le maîtriser dans un chaos glaçant où les cris de la mère se mêlent aux fracas de la lutte. Mais l'alligator est le plus fort, le plus rapide et se dégage d'un violent coup de queue pour filer en entraînant sa proie au plus profond du lac.

Le cadavre de l'enfant fut retrouvé le lendemain par les plongeurs. Noyé par le prédateur, il était intact. L'enquête révéla que dans les quinze mois ayant précédé le tragique incident quarante-cinq alligators avaient été capturés dans le parc, et que trente ans auparavant un garçonnet de huit ans avait lui aussi été attaqué par un alligator alors qu'il s'approchait du lac pour donner à manger à des canards avec ses frères et sœurs. La chasse était ouverte et quatre-vingt-quinze autres reptiles furent attrapés l'année suivante. À la suite du décès de Lane Graves, Disney World fut contraint d'installer des panneaux « Danger alligators » aux alentours des pièces d'eau et retira toutes les références à l'animal dans le parc. Et c'est ainsi que Tick-Tock Croc, l'alligator aux trousses du capitaine Crochet dans *Peter Pan*, et Louis, celui épris de jazz dans *La Princesse et la Grenouille*, disparurent de la grande parade.

J'étais à Disney World, au bord du Seven Seas Lagoon, et je faisais face au monument érigé à la mémoire de Lane Graves : un phare en bronze de la taille d'un homme constellé d'étoiles bleues. C'était l'un des points marqués d'une croix sur la carte de Floride que j'avais trouvée dans le dossier sur les Villages constitué par Didier. Chaque point était une étape qui me mènerait peut-être vers ce que je cherchais. Malheureusement, une fois réunis d'un trait, ils ne formaient ni un pentacle ni une croix gammée mais un vague gribouillis. J'avais du mal à comprendre l'intérêt de mon père pour ce fait divers et pour tous ceux qu'il avait maniaquement compilés. Contrairement à son fils unique, Didier n'avait jamais été un lecteur du *Nouveau Détective* ni un fidèle téléspectateur de *Faites entrer l'accusé*. Dans mon souvenir, je ne l'avais vu qu'une seule fois lire un polar. Un roman dur de Georges Simenon (*Marie qui louche* ? *La Vieille* ? *Le Coup de lune* ?) qu'il acheva d'une traite, au corps à corps, comme l'on se débarrasse d'un sale boulot, d'une grosse vaisselle.

Je m'étonnai également que les Villageois aient laissé en place un monument commémorant la mort d'un enfant, quand, en faisant le tour du phare, je vis que la plaque qui informait auparavant sur sa destination en ce lieu précis avait été descellée et le vide laissé grossièrement, badigeonné de peinture bronze. Ainsi l'édifice se fondait désormais dans le paysage pittoresque de ce coin du parc d'attractions qui invitait à l'exotisme nautique au même titre qu'une longue-vue, un gouvernail et une bouteille en verre géante (contenant une goélette) devant laquelle des seniors en goguette se prenaient en photo à l'aide d'une perche à selfie. Ils venaient des quatres coins du globe : des Russes, des Chinois, des Qataris, des Français, des Italiens… Toutes ces personnes âgées, dont les langues carillonnaient comme au temps de Babel, rayonnaient dans les artères de Disney World, visiblement soulagées de profiter des innombrables attractions du parc sans la présence tonitruante d'enfants voulant à tout prix tirer sur la queue de Tigrou ou arracher le nez de Pinocchio. Les animateurs sous les costumes en peluche semblaient également aux anges ; libérés des assauts physiques de la marmaille (ils n'avaient à l'époque pas le droit de répliquer et devaient signaler aux vigiles une situation à risque d'un signe convenu de la main afin d'être exfiltrés vers une aire de repos où ils pouvaient calmer leurs nerfs en fumant une cigarette), les personnages sautaient dans tous les sens en invitant les visiteurs à de joyeuses rondes. Depuis que le parc était réservé aux plus de cinquante-cinq ans, la tension était retombée et il régnait enfin une bonne ambiance dans les manèges où la civilité avait repris ses droits. Ainsi il n'y avait plus de bagarres d'enfants surexcités ni de crises de nerfs de parents au bout du rouleau après des heures pour accéder à l'Astro Orbiter, à Jungle Cruise ou au Big Thunder Mountain Railroad.

Je profitai de cet état de grâce pour faire un tour au Phantom Manor qui surplombait une colline boisée à la manière de la sinistre tanière de Norman Bates dans *Psychose*. Selon la légende de Disney, je pénétrais dans une maison de retraite où neuf cent quatre-vingt-dix-neuf fantômes sans logis avaient trouvé refuge. Une obscurité de dessin animé régnait dans la demeure quand je pris place, après un couple de gros Libanais, dans l'un des fauteuils sur rail de l'omnivers. C'est au son d'un chant aérien de sylphides (ou de sorcières ?) et de roulements de tonnerre que nous nous déplaçâmes dans le *couloir sans fin* où, sous les flashes d'éclairs, nous croisâmes un candélabre flottant dans les airs et un cercueil s'entrouvrant pour laisser s'échapper la main d'un squelette. Une immense porte s'ouvrit et nous déboulâmes dans un salon 1900 au centre duquel était disposé un guéridon entouré de chaises vides pour une séance de spiritisme. Sur la table ronde, une boule de cristal illuminait la pièce d'un halo verdâtre dans lequel apparut la tête d'une comtesse en chignon gris et col monté qui nous conta d'une voix d'outre-tombe la malédiction du manoir : une lugubre histoire de veuve noire assassinant ses maris successifs à coups de hache afin de capter leurs héritages. Puis nous pénétrâmes dans la salle de bal où des couples d'ectoplasmes dansaient une sinistre valse au milieu des rats qui grouillaient sur le sol en damier avant de grimper dans un grenier garni de mystérieuses malles sous les toiles d'araignées où nous fîmes connaissance avec les différents époux de la veuve dont les terrifiants visages ensanglantés apparaissaient et disparaissent dans des tableaux au cadre doré. Les fauteuils redescendirent alors jusqu'à une grille qui donnait sur un cimetière gardé par un gardien en haillons et son chien lépreux. Au-dessus des tombes, des fantômes s'adonnaient à différentes activités : ils jouaient à la marelle avec une main coupée, au volley avec un crâne, se curaient les dents avec une clavicule... Puis l'on pénétra dans la crypte où d'autres fantômes faisaient du stop avant de filer dans un couloir plongé dans le noir. Les fauteuils s'immobilisèrent. On entendait seulement le sifflement du vent entre les arbres d'une forêt maudite. Puis un éclair stria l'espace et je vis un lutin encapuchonné dans son ciré jaune surgir face à moi. Il me tendait les mains. Du sang s'écoulait de ses yeux crevés. Je n'eus pas le temps de hurler que l'omnivers nous ramenait déjà à notre point de départ.

Sonné par l'apparition, je dévalai la colline du manoir hanté et regagnai à toutes jambes la sortie. Alejandro m'attendait sur le parking. Je montai fissa à l'arrière de la berline et ce n'est qu'une fois sur l'autoroute, en direction d'Orlando, que la présence des fantômes se dissipa enfin au profit de la vitesse. Avions-nous pour autant vaincu les maléfices du Phantom Manor ?

17

In golf we trust

Après mon périple à Hollywood Beach, j'avais regagné la maison de Didier. J'étais en train de regarder un reportage sur le mariage d'Elon Musk et de la chanteuse Rosalía sur VNN (la cérémonie s'était déroulée en apesanteur dans l'une des nombreuses stations orbitales du milliardaire), puis un sujet sur le culte florissant chez les Villageois pour une vieille en toge qui chantait les bras en croix (et ressemblait à s'y méprendre à la sorcière de mon cauchemar !), lorsque Ike débarqua en début d'après-midi dans sa voiturette. Je l'avais appelé la veille pour que l'on se voie et il avait accepté de faire un détour sur le chemin du golf Harold Schwartz où il devait assister à la demi-finale du tournoi. Polo bleu pétrole, chino beige et Tod's kaki aux pieds, le septuagénaire rayonnait en me prenant dans ses bras pour un hug.

« Comment vas-tu ? Tu as pu t'occuper des affaires de Didier ? Tu ne trouves pas le temps long au Village Vert ? Remarque, on m'a raconté que tu as passé une sacrée soirée au Flamingo ! C'est un lieu de perdition cette boîte-là... Tu as fait la connaissance de Michelle paraît-il, quelle femme fatale...

– Euh, oui, oui... J'ai découvert qu'elle avait été la compagne de Didier...

– C'est exact, elle n'a pas été la seule tu sais, notre Alain Delon était un véritable dom Juan, mais c'est vrai qu'il trouvait un intérêt particulier à Michelle.

– Ah bon, et pourquoi cela ?

– Sans doute à cause de son histoire, répondit-il en perdant brusquement de sa superbe.

– Quelle histoire ?

– Je ne sais pas si c'est à moi de te raconter ça, mais bon... dit-il gravement. C'est une histoire plutôt moche... Michelle vivait dans le Rhode Island avec ses trois enfants issus de ses différents mariages. Elle avait passé la soirée avec son amant dans le salon de sa grande maison de Providence à boire et batifoler devant la cheminée. Lorsque son compagnon est parti au milieu de la nuit, elle a mis une bûche dans l'âtre avant d'aller se coucher à l'étage où dormaient ses enfants. Mais elle a oublié de mettre le pare-feu en place. Une heure plus tard, l'odeur de la fumée l'a réveillée : la maison était dévorée par les flammes. Elle a juste eu le temps de se précipiter au-dehors pour regarder le brasier en hurlant à la mort… Je ne sais pas si on peut survivre à ça mais je crois que c'est la raison pour laquelle elle est venue vivre ici, pour échapper à ses souvenirs, pour oublier sa vie d'avant, pour ne plus jamais voir d'enfants.

– Mon Dieu, quelle horreur…

– Oui, c'est très triste. Didier avait beaucoup de compassion pour Michelle. Je crois qu'il l'a aimée à cause de cela.

– Elle m'a dit qu'ils se sont séparés parce que ses recherches sur les morts violentes dans la région, avant les Villages, devenaient trop envahissantes…

– C'est sans doute vrai, mais c'était un sujet que je préférais ne pas aborder avec ton père. Je suis resté son ami à condition qu'il arrête de me parler de ces histoires sinistres. Beaucoup de gens se sont éloignés de lui quand ça a viré à l'obsession. Michelle la première. Et l'on comprend pourquoi. Tu sais, tout le monde voyage avec ses petites apocalypses dans ses bagages. La mort de ton père est la tienne. J'espère que tu apprendras à vivre avec. Quand ma femme est morte, j'ai cru que je ne m'en remettrais jamais. Sache que la souffrance s'efface, mais que la tristesse reste. C'est comme ça, tu n'as pas le choix », me dit Ike en me prenant à nouveau dans ses bras.

L'odeur de son corps d'homme parfumé (Eau Sauvage ?) me fit monter les larmes aux yeux. Elle me rappelait la présence de mon père, et je me mis à sangloter.

« Allez, allez, pleure un bon coup, ça ne peut pas te faire de mal, me dit-il en me berçant tel un enfant. Tu veux venir avec moi au tournoi ? Ça te changera les idées. Tu verras, il n'y a rien de mieux que le golf pour se remonter le moral. »

Un quart d'heure plus tard, nous étions en route dans la voiturette d'Ike qui saluait les conducteurs en sens inverse d'un signe de main gantée. Nous arrivâmes aux grillages et à la porte d'accès. En reconnaissant Ike au volant, le gardien dans sa guérite leva la barrière sans qu'il lui présente sa carte de résident. Ike portait une casquette de base-ball, des Ray-Ban Aviator fumées et ressemblait à Clint Eastwood. L'idole absolue des seniors était morte à l'âge de cent ans d'un arrêt cardiaque à la fin du tournage de *Tornado* (dans lequel il interprète un ancien éleveur de chevaux qui, parvenu au seuil de sa vie, accepte de dresser un dernier étalon sauvage avant de tirer sa révérence), film qui restera comme sa dernière œuvre « testamentaire » (depuis *Million Dollar Baby*, le réalisateur faisait ainsi face au crépuscule). Un cinéma d'Orlando, baptisé le Malpaso en hommage à sa société de production, perpétuait depuis le culte du grand Clint en projetant l'intégralité de ses films.

« Tu sais, les affaires de mon père ont disparu durant mon absence... déclarai-je au sosie d'Eastwood.

– Ah bon ? Qu'est-ce qui s'est passé ?

– Tout était rangé dans des cartons au garage. Quand je suis rentré de chez Michelle, il n'y avait plus rien.

– Il faut que tu le signales au shérif Anderson.

– Je ne lui fais pas confiance.

– Je ne vois pas d'alternative, dit-il, songeur.

– J'ai une question à te poser Ike : à quels clubs était inscrit Didier ?

– Attends, laisse-moi réfléchir... On s'est connus à Good Vibrations, le club des fans des Beach Boys, et il faisait aussi partie de Strawberry Fields 4 Ever, celui consacré aux Beatles. Il était également très actif au club de poterie et de tango, extrêmement propices aux rencontres selon lui, ainsi qu'au Village Green Gun Club bien entendu.

– Un club de tir ? Ne me dis pas que Didier avait une arme à feu ?

– Ah si si si, et il adorait ça. Tu sais, les Villageois sont tous plus ou moins armés.

– Mais il n'y a aucun crime dans la région ! Le shérif Anderson me l'a lui-même affirmé.

– Ça, c'est ce qu'il veut te faire croire. C'est le discours officiel des VUF. La réalité est bien différente, crois-moi. »

Je n'en sus pas plus. Nous venions de nous garer sur le parking du golf et, passé la sécurité, pénétrions dans le Harold Schwartz's Hill Club & Lodge, une vaste bâtisse sombre et rocailleuse qui s'étalait sur un étage et dont les toits d'ardoise évoquaient les ailes menaçantes d'un bombardier. Le hall d'entrée en stuc et marbre donnait une impression d'hygiène et de rusticité factice typique des Villages et nous grimpâmes l'escalier central jusqu'à la salle VIP gardée par des Cubains munis d'oreillettes. C'était une vaste pièce octogonale qui offrait une vue panoramique sur les parcours de golf tapissant l'horizon de mirages verdoyants dont les formes ovoïdes évoquaient les montages abstraits de Hans Arp. Les pans supérieurs de cette étrange tour de contrôle étaient occupés par des écrans plasma haute définition. L'assemblée accoudée à des hautes tables de bistro avait les yeux rivés sur la demi-finale en cours et commentait la compétition en taquinant des pintes de bière comme des aiguilleurs du ciel réunis au pub du coin.

« Il y a du beau monde aujourd'hui, murmura Ike tout sourire en saluant de l'index quelques têtes grisonnantes. Viens, je vais te présenter à notre gouverneur. »

Chemise western blanche sur 501 délavé et mocassins marron, Gary Schwartz n'avait rien d'un homme d'État. Ni d'un révolutionnaire. C'était pourtant lui l'héritier, le fils préféré qui avait orchestré la *silver revolution* avec ses frères. Avec son visage rond hâlé, ses cheveux blancs impeccablement peignés et ses lunettes cerclées de métal, il avait la bonhomie d'un pasteur assistant à la kermesse de sa paroisse.

« Bonjour Gary, comment vas-tu ? » lui dit Ike en posant une main sur son épaule.

Gary Schwartz se retourna et nous fit face en souriant avec bienveillance.

« Merveilleusement bien, Ike. Le jeu est intense aujourd'hui. » Puis, me regardant de ses yeux bleus joyeux : « Mais qui est ce jeune homme qui ne semble pas avoir l'âge requis pour pénétrer dans notre espace aérien ?

– Il s'agit du fils de Didier qui vient de nous quitter.

– J'ai appris la triste nouvelle. Je n'ai pas eu la chance de connaître votre père, mais je tiens à vous exprimer toutes mes condoléances au nom des Villages-Unis, me dit-il en me serrant chaleureusement la main. Soyez le bienvenu dans notre paradis, j'espère que vous y trouverez durant votre court séjour la paix que mon propre père a voulu y faire régner. »

J'allais répliquer « amen » mais le gouverneur Schwartz était déjà emporté par un groupe de seniors en polo vers les écrans sur lesquels la silhouette du Dr McConaughey venait d'apparaître à l'orée du parcours 18. Je m'assis sur un tabouret à côté d'Ike qui commanda deux pintes. Je vis alors le docteur prendre position et effectuer un drive majestueux. Je le vis éviter avec panache les bunkers et les plans d'eau. Je vis les spectateurs derrière les cordons acclamer le golfeur. Je le vis se concentrer sur son dernier coup. Je vis son assurance en frappant la balle. Je vis la balle filer vers le trou. Je vis son club dressé vers le ciel. Je vis ses caddies se précipiter pour le féliciter. Je vis Michelle se jeter dans ses bras. Je vis McConaughey l'embrasser fougueusement et je sus ce qu'il me restait à faire.

18

Le silence éternel des espaces infinis

« Ton père était fasciné par les images de l'explosion de Challenger, me dit Michelle en arpentant le jardin de fusées du Kennedy Space Center. Il en avait tiré des arrêts sur image qui tapissaient les murs de son bureau. Il était particulièrement obsédé par l'expression sur les visages des parents de Christa McAuliffe, l'apprentie astronaute, la prof de collège sélectionnée par la NASA, par l'instant précis où ces braves gens qui admiraient l'ascension de la navette avec leurs autres enfants dans les tribunes ont basculé de l'extase à l'horreur en quelques fractions de seconde. Souviens-toi : leurs visages émerveillés juste avant laissent place à l'incrédulité. Ils ne comprennent pas ce qu'ils voient, l'atrocité qui se déploie sous leurs yeux : Challenger s'est transformée en un faisceau de fumée qui compose un étrange scorpion au firmament. Dans les haut-parleurs, une voix confirme alors l'impensable : "Explosion apparente... Les équipes de suivi rapportent que le vaisseau a explosé." Face aux caméras, Edward et Grace se décomposent. En pleurs, ils tombent hébétés dans les bras l'un de l'autre. Ils viennent d'assister à la mort de leur fille.

» Didier essayait de comprendre ce vertige que les caméras de télévision avaient capturé en direct pour des millions de téléspectateurs. C'était pour lui une communion avec la mort, il le concevait comme les prémices, comme une répétition de la chute des tours jumelles où nous avions tous regardé sidérés le monde s'effondrer au rythme des corps qui se jetaient dans le vide. Il voyait cela telle une œuvre d'art totale. "Un sommet dans l'histoire de la pornographie rétinienne", disait-il. C'est pour cela qu'il avait tant insisté pour qu'on visite Cap Canaveral.

– Il était complètement cinglé...

– Je ne sais pas s'il était cinglé, mais il cherchait quelque chose à travers toutes ces tragédies. Comme s'il y avait un réseau secret qui les unifiait, comme s'il était le topographe de cet au-delà. Est-ce qu'il savait ce qu'il cherchait ? Aucune idée. Peut-être l'a-t-il trouvé avant de mourir. On ne le saura sans doute jamais. »

Au-dessus de nos têtes, les fusées historiques étaient dressées vers le ciel : Delta, Delta II, Juno, Juno II, Mercury-Redstone, Mercury-Atlas, Atlas-Agena, Gemini-Titan II, Saturn 1B – chacune avait édifié la légende de la NASA jusqu'à ce que la catastrophe de Challenger sonne le glas de la conquête spatiale. Il avait fallu l'arrivée des milliardaires des GAFAM pour que l'agence fédérale renaisse de ses cendres et relance un rêve désormais à la portée des plus riches. Depuis quelques années, le Kennedy Space Center était ainsi dévolu au tourisme spatial et c'est avec une régularité métronomique que les vaisseaux spatiaux décollaient vers le cosmos, ou plus exactement à destination des centres commerciaux en orbite autour de la Terre où les seniors en combinaison d'astronautes pouvaient s'adonner au shopping « intergalactique », jouer au golf en apesanteur ou réserver une suite dans un hôtel cinq étoiles avec vue phénoménale sur la planète bleue. La colonisation de l'espace avait bien commencé et les VUF lui servaient de base arrière, de port d'attache et de vivier en pionniers. Sous nos yeux se déployait un paysage de pistes de décollage, une forêt de rampes de lancement d'où s'élançaient les vaisseaux et leurs passagers, dans un fracas qui faisait vibrer le tarmac à la manière d'une secousse sismique, laissant derrière eux d'immenses traînées de fumée en expansion qui transformaient le ciel en un mouvant tableau d'*action painting*.

« C'est très beau, tu ne trouves pas ? me dit Michelle en me prenant la main face à la féerie céleste. Je ne me lasserai jamais de ce spectacle.

– Tu n'as jamais eu envie d'aller faire un tour dans l'espace ?

– Je ne sais pas, je crois que je préfère imaginer un tel voyage, et puis je ne pense pas en avoir les moyens. »

Jupe longue savane et talons hauts à semelle rouge, chemisier léopard décolleté sur poitrine bombée, Michelle portait ce jour-là des lunettes noires de starlette et une perruque brune frangée à la Bettie Page. En héroïne de *hard boiled*, elle était foudroyante grâce à la science exacte de ses artifices et m'entraîna visiter le centre Apollo/Saturn V : un vaste hangar construit pour abriter le lanceur Saturn V suspendu dans les airs sur toute la longueur de ses cent et quelques mètres, telle une titanesque odalisque de métal. Des énormes moteurs F-1 au vaisseau Apollo surmonté par la tour de sauvetage en passant par les différents réservoirs qui se détachaient au fur et à mesure de son ascension, la fusée était un impressionnant résumé de notre incontrôlable désir de nous précipiter vers le néant, du haut de la tour Eiffel avec des ailes de chauve-souris bricolées dans un garage ou à bord d'un vaisseau conçu par les ingénieurs de la NASA. Les talons aiguilles de Michelle résonnaient dans le hangar alors que nous admirions, au côté de quelques visiteurs estomaqués par le spectacle, le fuselage de ce monstrueux assemblage que tant d'enfants avaient reproduit avec de boîtes de conserve avant de les faire exploser dans le jardin grâce à des pétards Mammouth.

La première fois que j'ai vu *La Guerre des étoiles*, c'était avec Didier à Lyon dans un cinéma de la place Bellecour qui a aujourd'hui disparu. La partie d'échecs entre Chewbacca et R2-D2 dans le Faucon Millenium me fascina plus que tout : sur l'échiquier, les pièces étaient de petits monstres vivants qui s'entredévoraient sous le regard amusé de Han Solo. Le pilote rebelle était l'homme que je voulais devenir : beau, drôle et courageux. Physiquement, il ressemblait à mon père. À Noël, j'avais sa figurine entre les mains et, quelques années plus tard, je fus bouleversé lorsque ce salopard de Dark Vador le fit congeler dans de la carbonite à la fin de *L'Empire contre-attaque*.

Nous pénétrions à présent dans un bâtiment moins grand, plongé dans une obscurité cinématographique, à l'intérieur duquel était reconstitué l'alunissage d'Apollo : au pied du module, Buzz Aldrin et Neil Armstrong en tenue d'astronaute plantaient le drapeau des États-Unis sur un sol de poussière interstellaire, gris et rocailleux, constellé d'impacts de météorites. Main dans la main, Michelle et moi marchions sur la surface de la lune et pour un peu nous aurions pu flotter dans l'espace si j'avais posé mes lèvres sur les siennes. Le souvenir du Dr McConaughey me retint.

« McConaughey est ton docteur ou ton amant ? lui demandai-je en brisant l'enchantement.

– Les deux, lieutenant Columbo, répondit Michelle en me lâchant la main.

– Vous vous fréquentez depuis longtemps ?

– Je ne vois pas en quoi ça te regarde mon petit bonhomme.

– C'est parce que j'ai un service à te demander.

– Dis toujours.

– Je voudrais que tu me déniches une copie de l'autopsie de Didier. C'est lui qui l'a réalisée.

– Oui, il m'en a parlé.

– Qu'est-ce qu'il t'a dit ?

– Rien de plus. Pourquoi tu ne la lui demandes pas directement ?

– Parce que je sens qu'on cherche à me balader. Le shérif Anderson a été très évasif quand je lui en ai parlé.

– Je vois. Typique. Je ne promets rien mais je verrai ce que je peux faire.

– Merci Michelle. »

Nos pas se posaient à la surface de la lune près des empreintes laissées en d'autres temps par les pionniers d'Apollo. Perdus dans l'espace, nous étions deux ombres dans l'immensité.

« Tu sais ce qu'a raconté William Shatner après avoir effectué son baptême de l'espace en compagnie de Jeff Bezos ? me demanda Michelle.

– Le capitaine Kirk de *Star Trek* ?

– Celui-là même.

– Non, aucune idée.

– Il a écrit, je cite de mémoire : "Je n'ai vu aucun mystère, je n'ai vécu aucun émerveillement majestueux… je n'ai vu que la mort", dit-elle la tête tournée vers le faux ciel étoilé. "J'ai vu un vide froid, sombre et noir. C'était l'un des sentiments de deuil les plus forts que j'ai jamais ressentis. Le contraste entre le froid vicieux de l'espace et la chaleur nourricière de la Terre m'a rempli d'une tristesse écrasante. Mon voyage dans l'espace était censé être une célébration ; au lieu de cela, il ressemblait à un enterrement." Amusant, tu ne trouves pas ? »

Il y eut un moment de vertige.

« Tu sais, Ike m'a appris ce qui t'est arrivé. Ça m'a bouleversé.

– De quoi parles-tu ? répliqua Michelle, tout à coup sur ses gardes.

– Eh bien, de tes enfants… de l'incendie au milieu de la nuit… de ta maison de Providence… » balbutiai-je.

Michelle releva ses lunettes et me fixa de ses yeux noirs avant de me lancer, glaciale : « Je n'ai jamais eu d'enfants et je n'en ai jamais voulu. Les seuls que j'aurais pu avoir ont terminé leur fugitive apparition dans la cuvette des toilettes ou dans la poubelle d'un obstétricien. »

Le silence éternel des espaces infinis s'abattit brutalement sur nous, me plongeant dans un profond embarras. Michelle était-elle parvenue à effacer son passé, à tirer un trait sur la peur, à supprimer la douleur par sa seule volonté ? Mais si elle disait la vérité, pourquoi Ike avait-il inventé cette terrible histoire qui ressemblait quand même beaucoup à celle de *Manchester by the Sea* (un film qui m'avait terrassé des années auparavant) ? Je restai pétrifié en regardant la silhouette de Michelle se fondre dans les ténèbres en direction de la sortie. Ainsi notre échappée lunaire s'acheva dans les méandres d'une nébuleuse.

19

L'armée des morts

Mon père avait-il été violent ? D'aussi loin que je me souvienne, je ne l'avais jamais vu lever la main ni élever la voix quand il était en colère. Je me souviens plutôt de quelqu'un qui, lorsqu'il traversait des moments difficiles, se renfermait, inatteignable, dans un espace qui n'appartenait qu'à lui. Sa dernière épouse m'avait ainsi raconté un voyage en voiture jusqu'en Norvège où il n'avait pas prononcé une seule parole. Elle n'avait eu aucune explication sur la raison de son silence. Didier se contentait de conduire en regardant fixement la route. Ce n'est qu'en apercevant une aurore boréale, le but de leur excursion en Scandinavie, qu'il ouvrit enfin la bouche pour dire : « Voilà. »

Pour ses grandes sœurs (il était le seul garçon), Didier était toujours resté une énigme, un petit frère introverti, en colère contre ses parents, contre leur morale, contre leur discipline, un adolescent mutique en société, un adulte résigné face à la place qu'on lui avait assignée, un homme verrouillé par la fatalité, écrasé par la banalité de la vie, par notre impuissance à changer l'ordre des choses, à rendre le monde un peu moins laid. Un soir, alors que l'on se promenait rue de Rivoli pendant les fêtes de fin d'année au milieu des Parisiens pleins de sacs à la main, sous les illuminations, face aux vitrines décorées, il murmura : « Quelle tristesse », avant de m'entraîner loin de là.

Je me souviens de ne l'avoir vu pleurer qu'une seule fois : lorsqu'il dut se résoudre à faire piquer la chienne qui m'avait accompagné durant mes douze premières années. Il aimait les animaux et aurait préféré être vétérinaire plutôt qu'ingénieur. Il me demanda si je voulais lui faire mes adieux et je pris la pauvre bête qui tremblotait dans mes bras pour l'embrasser une dernière fois. Puis il me ramena en voiture chez mes grands-parents et je pleurai en hoquetant durant tout le voyage. À l'arrivée, il s'effondra sur une chaise et des larmes coulèrent sur ses joues.

Je me souviens également d'un incident mineur. Nous étions allés dîner avec Didier et ma petite amie de l'époque dans une brasserie en face de la gare du Nord. En sortant, nous avions décidé de rentrer à pied. Il faisait nuit, il faisait froid et je marchais en avant lorsqu'un zonard s'en prit à moi pour me faire les poches. En un instant, Didier surgit, l'empoigna par le col et le plaqua contre le mur en lui disant : « Tu touches pas à mon fils. » Cela suffit à le faire déguerpir. Ma copine considéra dès lors Didier comme « un héros ». Elle avait un merveilleux sens de l'exagération, mais elle avait raison. La réaction de mon père confirma une intuition : seul le courage physique importait, le reste n'était que littérature.

Ces considérations ne résolvaient en rien les questions qui planaient au-dessus de ma tête : pourquoi Didier s'était-il installé dans les Villages ? Pour fuir la mort et la vieillesse ? Pour trouver la joie et l'insouciance ? Pour effacer son existence ? Et surtout pourquoi Didier s'était-il fasciné pour la violence en s'installant là ? Je rouvris le carton planqué sous l'évier afin de consulter son dossier. Parmi les nombreux papiers, un article annoté retint mon attention. Intitulé « La fausse histoire des Villages », l'essai était l'œuvre d'une certaine Amanda M. Brian, professeure d'histoire à l'université Coastal

Carolina en Caroline du Sud. L'historienne revenait, bien avant la proclamation des VUF, sur la fondation des Villages à la fin du XXe siècle et s'intéressait en particulier à son cœur originel, le centre-ville de Spanish Springs situé à quatre-vingts kilomètres au nord-ouest d'Orlando, qui servit de modèle à toutes les autres communautés fermées et lui fournit « des informations clés non seulement sur l'identité du lieu dans le Sud moderne, mais aussi sur le fonctionnement de l'histoire en tant que marchandise dans les États-Unis contemporains. » J'eus un soupçon – Amanda était-elle marxiste ? – avant de poursuivre ma lecture.

Spanish Springs fut imaginé comme une vaste place parsemée de palmiers au centre de laquelle se dresse un kiosque à musique ; la route qui l'entoure (construite à l'usage des voiturettes de golf) est flanquée de différents bâtiments (mairie, église, tribunal) dont les façades décorées évoquent l'Amérique espagnole du XIXe siècle. L'ensemble a été élaboré par Forrec Ltd., « une entreprise torontoise qui conçoit des environnements de divertissement et de loisirs dans le monde entier », précise la chercheuse. Sur de nombreux bâtiments sont apposées des plaques commémorant l'histoire fictive du lieu autour d'une personnalité, elle-même inventée de toutes pièces. Ainsi le Katie Belle's, restaurant créé ex nihilo en 1990, fait remonter son origine aux années 1850 durant lesquelles Katie Belle (représentée sur la plaque telle une *Southern belle* en chapeau 1900) était l'épouse de l'homme d'affaires John Decker Van Patten qui fit construire un luxueux hôtel dans lequel prospéra le Katie Belle's Saloon. L'épicentre de la vie festive des Villageois (le Katie Belle's est également un night-club) a donc un passé. Qu'il soit factice a au final peu d'importance.

Le planificateur de Spanish Springs intégra également le personnage fictif d'Okie Peterson afin de renforcer le mythe fondateur de la fontaine de jouvence. On découvre sa biographie sur une plaque apposée à la McCall's Tavern (qui sert aussi de bowling) : l'entrepreneur serait arrivé à Spanish Springs en 1852 pour y vendre un médicament miracle, de l'eau de source locale mélangée à « des ingrédients secrets découverts lors d'une expédition botanique en Amazonie ». Mais lorsqu'il affirma que l'eau provenait en fait « de la fabuleuse fontaine de jouvence de Ponce de León », il fut abattu dans Main Street. Nul ne pouvait faire de l'ombre au futur prophète des Villages. Surmontée d'arches faussement décrépites dans un style « pueblo » tout droit sorti d'un western-spaghetti, une statue en pied de Harold Schwartz, la première édifiée, s'offre ainsi au centre de la fontaine de la place. C'est là que sont conservées les cendres du créateur et que jaillit la véritable source de jeunesse qui irrigue toute la Floride.

Conçus « comme un parc d'attractions à vivre », les Villages avaient besoin de se construire sur une fausse histoire pour intensifier l'effet d'immersion dans le divertissement. Et d'évacuer ainsi une réalité historique problématique, celle ayant précédé la guerre de Sécession : l'anéantissement et la spoliation des Amérindiens, le commerce et la possession d'esclaves noirs. Une approche similaire, selon Amanda M. Brian, à celle de Walt Disney dont l'un des stylistes expliquait : « Ce que nous créons, c'est un "réalisme Disney", une sorte d'utopie par nature, où nous éliminons soigneusement tous les éléments négatifs et indésirables et où nous programmons les éléments positifs. »

Parmi les éléments indésirables figurait au sud du lac Sumter, où selon la légende des Villages vivait Bocephus (un serpent de mer géant) avant qu'il soit capturé en 1879 par deux garçons de la région « grâce à un écureuil mort et un bouchon de tabac à chiquer[1] », un ancien cimetière afro-américain qui fut dissimulé par les Villageois grâce à de hautes haies et des touffes de bambous. Le cimetière était lié à l'une des premières

1. Note de mon père : « Tom Sawyer vs le monstre du loch Ness. »

colonies de la région, une ville fondée par des esclaves en fuite. « Ce n'est pas simplement le spectre de la mort mais, plus critique, l'héritage des Noirs américains qui est littéralement dissimulé », écrit l'historienne[1].

Plus loin, cette citation tirée des mémoires de John Banks, l'un des soldats qui prit part au raid sur la Floride lancé par le futur président des États-Unis Andrew Jackson lors de la première guerre séminole visant à éliminer les natifs de la région : « Mardi, le 31 mars 1818, nous arrivâmes dans une ville appelée Tallahassee. Les Indiens l'avaient abandonnée avant que nous y arrivions. Nous vîmes une Indienne, étendue près d'une mare, morte. Elle n'était apparemment pas décédée depuis longtemps ; elle avait été laissée là par les Indiens qui fuyaient au-devant de nous. Nous brûlâmes la ville. »

Je refermai le dossier en me demandant si Didier ne cherchait pas à réveiller les morts. Mais dans quel but ? Former des fantômes à la guérilla urbaine ? Soulever une armée pour partir à l'assaut des Villages ? Dresser des zombies à l'attaque de voiturettes de golf ? des goules à la décapitation de seniors ? Sa propre mort était-elle la séquence clé d'un film d'horreur mis en scène

1. Note de mon père : « Bien vu : le cimetière a été rasé. Remplacé par un supermarché. »

par George A. Romero ? Je résolus ces questions en allumant la télévision. Sur l'écran apparut le sourire carnassier du Dr McConaughey. Il venait de remporter le tournoi de golf Harold Schwartz. Michelle n'était pas à ses côtés.

20

Assemblée générale

« Mon cher Howard, j'ai amené ce soir un nuancier afin que nous voyions tous ensemble la réalité en face, c'est-à-dire l'étendue de la catastrophe à laquelle vous nous obligez si nous laissons les choses se dérouler selon vos fantaisies. Les règles auxquelles nous sommes soumis sont strictes et je tiens à rappeler à l'assistance qu'elles sont réunies dans la Bible des Villages dont voici un exemplaire, dit le senior aux strictes lunettes cerclées en brandissant un gros cahier à spirale. Tous les habitants du Village Vert en ont reçu un exemplaire lorsqu'ils sont devenus d'heureux propriétaires et chacun se doit, comme dans toute société évoluée, d'en connaître la Loi, c'est-à-dire les conditions nécessaires pour que nous puissions vivre en bonne intelligence. Ces conditions sont résumées par l'acronyme EC & R inscrit ici en première page et qui signifie comme vous le savez toutes et tous Engagements, Conditions et Restrictions. Ces règles ne vous interdisent point, mon cher Howard, de laisser libre cours à votre imagination à l'intérieur de votre demeure. Vous avez le droit de vous déguiser en Télétubbies dans votre salon si ça vous chante, cela ne nous regarde pas. Vous nous avez habitués à bien pire par le passé il me semble. Tout le monde, ma pelouse en particulier, se souvient avec effroi de votre fameux barbecue *Game of Thrones* et ses inoubliables "catapultes de boulettes". Ainsi, dès lors que vous sortez de votre logis, vous devez respecter votre communauté car vous pénétrez dans un domaine public, nom de nom ! Vous avez pris l'initiative de repeindre vous-même la façade de votre maison sans faire appel aux services, ô combien compétents, de l'entreprise Miller & Co à laquelle nous avons tous eu recours un jour ou l'autre pour rafraîchir nos villas. C'est votre droit. C'est votre choix. Mais vous devez la repeindre de sa couleur initiale ! Et cette couleur, Soft Peach comme vous devez le savoir, est compilée dans cette bible au côté des autres couleurs auxquelles nous avons droit, c'est-à-dire Cool Aqua, Lavender, Buttercup, Pale Pink et Meadow Green. La couleur Soft Peach, la voici, dit le retraité en désignant de l'index un rectangle d'un rosé délicatement cuivré dans le nuancier tendu en éventail. Et voici un échantillon de la peinture que vous avez choisie. J'espère que vous voyez bien la différence, Howard ! s'exclama-t-il en sortant un carton peinturluré d'orange saumon de son attaché-case.

– Absolument pas, répondit Howard, les bras croisés sur un polo vert bouteille.

– Le ciel me tombe sur la tête. Howard, je crois que vous avez besoin d'une nouvelle paire de lunettes… Par curiosité, de quelle couleur est votre chemisette ?

– Eh bien, mon cher Ron, je tiens d'abord à préciser qu'il ne s'agit pas d'une "chemisette" comme tu le dis avec un certain dédain, mais d'un polo Lacoste que j'ai acquis pour cinquante dollars durant les derniers soldes au Mall at Millenia. J'en suis extrêmement satisfait. C'est un vêtement souple et élégant aussi léger que résistant, idéal pour jouer au golf. Quant à sa couleur, je dirais à vue de nez qu'il est… attendez voir… rose fuchsia ? »

Les rires fusèrent dans l'assemblée.

« Je constate que vous avez choisi votre camp. Et j'en prends note, dit Ron en rangeant la bible, le nuancier et le carton saumon dans sa mallette. Sachez que nous n'en resterons pas là. Je ferai appel au shérif Anderson si vous ne réglez pas cette situation au plus vite. Sur ce, je vous souhaite une excellente soirée. J'espère que vous appréciez le cirque car il y a un clown parmi vous », conclut le vieillard en surchauffe avant de tourner les talons pour regagner la sortie. La porte claqua avec fracas.

L'AG du Village Vert se déroulait dans la salle des fêtes de la mairie, une vaste pièce éclairée au néon dans laquelle des chaises à tablette avaient été alignées sur le sol carrelé face à un bureau derrière lequel siégeait une senior morose aux cheveux courts qui avait des allures de motarde avec ses bras tatoués. Chargée d'enregistrer les votes et de présenter l'ordre du jour, la secrétaire dirigeait l'assemblée générale de l'Association des Propriétaires du Village Vert. Chaque Village de Floride était ainsi régi et administré par son AP (et non par le maire qui n'avait qu'un statut honorifique, voire folklorique, officiant tel un animateur lors des cérémonies officielles) dont les membres étaient élus chaque année par les habitants propriétaires des communautés fermées. Le gouvernement des VUF fédérait les Villages comme un ensemble d'espaces privés sans intervenir dans l'élaboration de leurs lois. C'est l'AP qui choisissait par vote une nouvelle règle dans les EC & R. Pour réviser une règle adoptée, il était nécessaire que 70 % des propriétaires de la communauté votent en faveur de sa modification. Une majorité souvent difficile à obtenir, ce qui provoquait une certaine agitation durant les séances.

La motarde ramena soudain l'attention dans sa direction en déclarant :

« Bon, je pense que vous êtes tous habitués aux coups d'éclat de Ron. Il reviendra, comme à chaque fois. Poursuivons, mais sachez, Howard, que votre voisin est dans son bon droit et que vous devez vous conformer à notre charte. Vous avez une quinzaine de jours pour régler cette affaire. C'est entendu ? »

Howard opina du chef.

« Olivia, c'est à vous », dit la secrétaire après avoir consulté ses papiers.

Une Villageoise grisonnante en doudoune Uniqlo s'approcha du bureau pour y déposer d'un geste sec un bocal rempli de mégots.

« Voilà ce que j'ai ramassé la semaine dernière sur la place du Village », déclara Olivia en se tournant vers les habitants.

S'ensuivit un débat houleux sur l'interdiction de fumer dans les lieux publics qui divisa la salle en deux camps : les libertariens partisans du droit de chacun de cloper où bon lui semble et les procéduriers qui voulaient réglementer les espaces communs. Deux rangs devant moi, Michelle prit part aux échanges en sortant de son sac à main une cigarette électronique qu'elle fuma dans d'énormes nuages de vapeur. Elle était habillée ce soir-là d'une combinaison patchée bleu pétrole de la NASA, de talons hauts dorés et portait une perruque rousse bouclée et des lunettes noires. Un rang plus loin, Ike avait revêtu une casquette rouge siglée MVGA baissée sur son nez. De ma place, je pouvais voir qu'il jouait au Scrabble sur son téléphone portable. Le vote à main levée ne recueillit pas une majorité suffisante et la secrétaire passa à un nouveau point de l'ordre du jour.

Une certaine Joan Woodford voulait installer un lombricomposteur dans son jardin. Ses voisins y étaient résolument opposés, arguant que « ça attire les rats ». Joan, petite mémé à l'air enfantin qui rappelait de loin, avec ses longs cheveux blonds frisottés, l'actrice Mia Farrow, proposait une solution : elle ferait appel à Jeff Lloyd, « maître composteur » de Tallahassee, qui réaliserait son ouvrage selon « les règles de l'art ». Comment fonctionnait un lombricomposteur ? demanda judicieusement quelqu'un dans l'assistance. Michelle saisit la balle au bond pour lancer : « Comme une partouze de vers de terre dans une bouillie de déchets organiques. » Le vote à main levée balaya les rêves de Joan Woodford.

Je ne m'intéressai que de loin aux débats suivants (l'adoption d'une nouvelle génération d'alarmes pour les piscines, l'organisation d'une course de voiturettes opposant le Village Vert au Lady Lake Village), perdu dans la contemplation des Villageois qui formaient, malgré des divergences mineures, un bloc solidaire, compact, investi dans un projet collectif dépassant les limites de leur communauté fermée. J'observai l'assistance : la majorité était composée de sportifs au corps sculpté par l'exercice, aux cheveux savamment coiffés, aux dents blanchies au laser, à la peau tendue par la chirurgie et cramée aux UV. Je notai cependant quelques réfractaires à la norme : notamment un obèse aux lunettes à triple foyer qui dégoulinait de sa chaise dans un T-shirt Bon Jovi et un petit être proche du nanisme, sans doute d'origine indonésienne, dont il était très difficile de déterminer l'âge et le sexe. Il évoquait Weng Weng, l'acteur philippin lilliputien qui avait incarné James Bond dans une série de parodies et dont la légende voulait que sa famille, de pauvres paysans, s'en fût débarrassé en l'envoyant à Manille dans un colis postal. La vie ne devait pas être facile pour ces deux freaks qui faisaient tache dans l'auditoire. Je fus tiré de mes pensées par la grosse voix de la secrétaire.

« Avant de clôturer la séance, je voudrais rendre hommage à Didier qui nous a quittés, dit-elle solennellement. Je suis persuadée que chacun et chacune d'entre vous garde un souvenir ému de la gentillesse et de la générosité de cet homme qui a tant donné au Village Vert. Nous avons la chance d'avoir son fils parmi nous et je voudrais que nous lui témoignions notre solidarité en nous joignant à lui en pensée lors d'une minute de silence. »

La scène se figea durant d'interminables secondes.

Puis les Villageois se levèrent dans un brouhaha de chaises. Certains me saluèrent d'une poignée de main, d'autres me prirent dans leurs bras ; tous se dispersèrent. Lorsque je sortis du bâtiment, un peu ému, la nuit était tombée. Sur le parking plongé dans les ténèbres, Michelle et Ike discutaient sous un palmier.

« Ah te voilà, tu ne t'es pas trop ennuyé ? me demanda Ike

– Pas du tout, bien au contraire. J'ai trouvé ça très instructif.

– Si ça t'amuse, alors passe nous voir un de ces soirs au Gun Club, on fera quelques cartons entre Villageois, c'est très relaxant tu verras.

– Avec plaisir, Ike. Tu es de la partie, Michelle ?

– Plutôt crever, répondit-elle en allumant une cigarette.

– Michelle est une rebelle, dit Ike en souriant.

– Vous connaissez le dicton : ne jamais faire partie d'un club qui vous accepte pour membre, répliqua Michelle en soufflant de la fumée vers le ciel étoilé. La rebelle vous salue, messieurs. Elle va aller traîner son cul dans les bars du coin. On ne sait jamais : au détour d'un comptoir je tomberai peut-être sur un maître composteur pour me payer un verre. Ça manque à mon tableau de chasse, un dresseur de lombrics. »

Nous regardâmes Michelle grimper clope au bec dans sa voiturette avant de filer dans l'obscurité. Lorsque les feux arrière disparurent de mon champ de vision, mon cœur se serra. J'avais très envie de l'embrasser.

21

Le baptême du feu

Greenwood, comté de Jackson. En cette nuit du 18 octobre 1934, la famille Cannady est inquiète : depuis qu'elle est allée prendre de l'eau à la pompe pour abreuver les cochons, leur fille Lola, dix-neuf ans, a disparu. Les agriculteurs et leurs voisins partent à sa recherche. À l'aube, ils découvrent le corps de la jeune fille dans un bois, mal dissimulé par des branchages : sa tête a été pulvérisée à coups de marteau et il est possible qu'elle ait été violée.

Claude Neal, ouvrier agricole noir de vingt-trois ans qui vit à quatre cents mètres du lieu du crime, est aussitôt suspecté par le shérif du comté. Lola et Claude se connaissent depuis l'enfance et certains disent qu'ils étaient amants. Claude

Neal est arrêté après que la police a trouvé des tissus ensanglantés dans sa cahute.

La nouvelle se répand. La foule a trouvé son coupable et organise dès lors son lynchage. Pour protéger Claude Neal, le shérif déplace le suspect de prison en prison jusqu'à Brewton en Alabama.

Après avoir été brutalement interrogé durant deux jours, Claude Neal finit par avouer le viol et l'assassinat de Lola Cannady. Avec la complicité d'un autre Noir dans un premier temps, puis seul dans un second.

Le 26 octobre, une centaine de Blancs armés pénètrent dans la prison de Brewton et enlèvent Claude Neal. Ils le transportent à Marianna dans le comté de Jackson et annoncent à la presse qu'ils le lyncheront le soir même à la ferme des Cannady. Plusieurs centaines de personnes répondent à l'appel. Mais devant l'ampleur de la foule, et la menace d'une émeute, les leaders du lynchage décident d'amener Neal dans les bois pour l'exécuter. Attaché à un arbre, le jeune homme est torturé et castré. Ses organes génitaux fourrés dans sa bouche, il est brûlé avec des fers rouges et poignardé avant d'être pendu. Puis sa dépouille est attachée à l'arrière d'une voiture, traînée jusqu'à la ferme des Cannady et jetée aux pieds du père de Lola, George Cannady. À 2 heures du matin, le chef de famille tire trois balles dans la tête du meurtrier présumé de sa fille. Livré à la foule, le cadavre de Neal est roué de coups de pied, de couteau et écrasé par des voitures. On lui coupe des doigts et des orteils en souvenir, puis la foule déchaînée par la curée s'attaque aux cabanes des Noirs des environs pour y mettre le feu.

Le corps de Claude Neal est finalement pendu à un arbre devant le palais de justice de Marianna à 3 heures du matin. Des photographes immortalisent la scène pour la vendre dans la foulée sous forme de cartes postales.

Lorsque le shérif découvre le corps du supplicié à 6 heures du matin, il le fait détacher pour l'enterrer. La foule surexcitée exige qu'il le repende. Comme il refuse, les lyncheurs furieux partent en expédition punitive dans le quartier noir où ils pillent et incendient les habitations, faisant plus de deux cents blessés. Le gouverneur finit par faire appel à la Garde nationale qui parvient à réprimer les émeutes. Début novembre, le comté de Jackson proclame qu'il n'y a aucune preuve formelle contre Claude Neal. Son lynchage aura provoqué l'exode de quarante mille Noirs de Floride.

Je n'avais pas fait le pèlerinage jusqu'au bayou de Marianna. La découverte dans le dossier des Villages d'une photo nocturne du corps nu en bouillie de Claude Neal, pendu à un arbre à côté d'un de ses bourreaux en chapeau de cow-boy (si fier de son trophée), m'en avait dissuadé. Mais mon père l'avait fait, en témoignait un plan détaillé de l'itinéraire des lyncheurs et une série de photos de l'actuel tribunal ainsi que celles d'un terrain vague sur lequel avait été bâtie la maison des Cannady.

Le souvenir de ces atrocités s'évanouit peu à peu dans le souffle tropical qui fouettait mon visage à travers la vitre baissée. La berline d'Alejandro filait au crépuscule et le ciel au-dessus de nous fondait sur les palmiers en un spectre de verts absinthe, de jaunes acides et de rouges incandescents. Lorsque nous arrivâmes au centre-village, la nuit était tombée et l'éclairage urbain, orangé, tapissait la place déserte de flaques de lumière et d'ombres insolites. Alejandro se gara et je le remerciai en lui disant que je n'en avais pas pour longtemps. Je grimpai les marches de l'église blanche dont le clocher, pointé vers la Voie lactée, surmontait un fronton à colonnes doriques. En poussant la lourde porte à battant, ce n'est pas l'odeur de l'encens qui me saisit mais bien celle de la poudre. La nef, vide de toute âme, était plongée dans l'obscurité et ce n'est que grâce aux lumières artificielles, perçant à travers les vitraux aux formes géométriques, que l'espace se révéla à moi : un décor anodin de bancs en bois face à un autel qui semblait attendre depuis la nuit des temps le retour d'une équipe de cinéma. Le golf, le platform tennis (joué sur un petit court avec une balle en mousse et des palettes), l'aquagym et les nombreuses activités proposées aux Villageois les avaient en effet détournés de la foi et ce n'est que par sens pratique que l'on avait conservé les lieux de culte qui servaient désormais de salles polyvalentes pour réunir les nombreux clubs des communautés.

« Bam ! Bam ! Bam ! Bam ! » Une série de coups de feu étouffés bouleversa brutalement la sérénité désolée de l'église. « Bam ! Bam ! Bam ! Bam ! » Les tirs semblaient provenir d'un souterrain et je découvris, passé le confessionnal en contreplaqué, une porte qui s'ouvrait sur un escalier en colimaçon. J'allumai la lampe de mon smartphone et descendis vers la crypte. Au fond d'un étroit couloir, je me retrouvai face à une porte blindée. Les coups de feu étaient désormais retentissants. J'ouvris et pénétrai dans une vaste salle voûtée d'ogives, éclairée au néon, qui servait de salle d'entraînement au Gun Club du Village Vert. Une dizaine d'hommes et de femmes revêtus de casques antibruit et de lunettes de protection étaient alignés dans des box. Isolés les uns des autres par des parois de béton, une tablette à hauteur de bassin leur permettait de disposer leurs armes et de les recharger. Tous communiaient dans la concentration, la précision et la répétition de leurs gestes. La puissance des détonations était leur prière adressée au dieu de la sécurité. À une vingtaine de mètres face à eux était disposée une rangée de cibles, des portraits en buste d'Alexandria Ocasio-Cortez sur lesquels les seniors exerçaient leur tir. L'odeur de la poudre à canon était intense, le boucan amplifié par les ogives assourdissant.

Mon père n'avait, en dehors de son service militaire, jamais eu d'intérêt particulier pour les armes ni pour l'autodéfense et je me demandais ce qui avait pu le pousser à s'inscrire à ce club de tir quand, en jetant un coup d'œil à l'assemblée, je remarquai que les femmes qui tiraient religieusement cultivaient pour beaucoup une même élégance : longs cheveux gris tirés en un strict chignon, robes cintrées de mormonnes, ballerines noires, maquillage minimaliste. De leur beau visage ridé émanait une irradiante fraîcheur, semblable à celle de certaines bonnes sœurs tombées folles amoureuses du Christ ou de ces fleurs qui, en plein désert, réussissent à éclore au milieu des rochers et résistent à l'infernale aridité. J'avais toujours connu mon père attiré par ces Georgia O'Keeffe mâtinées d'Audrey Hepburn et de sainte Thérèse qui mortifiaient leur corps jusqu'au tombeau en ne picorant que quelques radis entre deux crises de boulimie. Comme leur idole Sylvia Plath, la simple vue d'une cuisinière leur donnait souvent d'irrépressibles envies de vomir et d'en finir, tête dans le four, « avec ce monde de merde ». À l'instar de Didier, j'aimais les névrosées.

Je remarquai la silhouette d'Ike dans un des box. Il portait ce soir-là un treillis et une veste militaire sur laquelle était cousu un écusson où l'on remarquait deux V menaçants en guise de crocs dans la gueule ouverte d'un cobra. Il venait d'achever une violente série de tirs avec un Glock 17 et appuya sur un bouton pour que sa cible vole jusqu'à lui le long d'un filin à la manière d'une victime précipitée entre les mains de son tortionnaire. Alexandria Ocasio-Cortez avait pris cher. De son joli visage ne subsistaient que quelques fragments : ses yeux noirs pétillants n'étaient plus que deux trous béants, son sourire flamboyant et ses irrésistibles fossettes avaient volé en éclats. Ike semblait satisfait et remarqua ma présence après avoir reposé son casque antibruit.

« Joli carton n'est-ce pas ? me dit-il en me tendant la cible.

– Pas mal du tout. Vous vous entraînez exclusivement sur Cortez ou vous avez d'autres têtes de Turc ?

– On avait des cibles Justin Bieber mais depuis qu'il a abandonné l'activisme – et la chanson, Dieu merci – pour vivre en ermite dans une forêt en Ontario il ne représente plus de menace pour nous. Pareil pour Travis Scott, sa conversion au christianisme a complètement calmé cet excité.

– Je pensais que le mur érigé à la frontière avec les États-Unis avait apaisé les tensions avec les millennials…

– En effet, la plupart se sont parqués dans des ghettos aux États-Unis, mais il reste une frange d'irréductibles qui s'est radicalisée après la révolution dans un réseau de "résistance" à la frontière et qui continue à nous chercher des noises…

– On peut les comprendre : vous les avez chassés manu militari des Villages quand ils n'ont pas été exécutés en masse et enterrés.

– Il n'y a jamais eu de preuves de l'existence de ces charniers. Tu es bien placé pour savoir que les médias ont tendance à exagérer les faits, à jeter de l'huile sur le feu pour faire de l'audience. Et de toute façon, on ne fait pas d'omelette sans casser des œufs. N'est-ce pas ? dit Ike en nettoyant son Glock.

– Qu'est-ce que c'est, cet écusson sur ton bras ?

– Le symbole des Villageois Vigilants.

– Une milice ?

– Un groupe armé qui veille à la tranquillité de sa communauté.

– Didier en faisait partie ?

– Non, mais il nous a accompagnés quelques nuits lors de nos rondes. Tu pourrais venir un de ces soirs si tu veux.

– Pourquoi pas, j'ai toujours aimé les films avec Charles Bronson...

– Ah ah, rassure-toi, les expéditions des VV sont beaucoup moins meurtrières que celles de *Death Wish*.

– En parlant de cinéma, tu as vu *Manchester by the Sea* ?

– Je ne crois pas. De quoi s'agit-il ?

– D'une histoire qui ressemble beaucoup à celle de Michelle.

– Non, vraiment ça ne me dit rien.

– Et *Funny Games U.S.* ?

– Ah oui celui-là, on l'adore par ici. C'est devenu un véritable classique. Il doit arriver en tête des locations de VOD.

– Tu connais la version originale ? Non ? Michael Haneke l'a tournée dans son pays d'origine, l'Autriche, et quand Hollywood lui a demandé d'en faire un remake il a réalisé ce nouveau film à l'identique, au millimètre près – Haneke est redouté pour sa précision "chirurgicale" –, car il voulait dénoncer la violence du cinéma américain en en montrant le vrai visage, insoutenable selon lui, mais *Funny Games* lui a complètement échappé, le film s'est retourné contre sa volonté en lançant la mode des *home invasions*, en devenant culte chez les amateurs d'ultra-violence.

– Ah ah ah, c'est le moins que l'on puisse dire ! ricana Ike. *Funny Games* est considéré ici comme un manifeste antimillennials. Une prophétie qui a encouragé les Villageois à créer des milices de quartier pour prévenir les intrusions, à transformer leurs maisons en forteresses. Les vendeurs d'armes et de systèmes de sécurité doivent allumer des cierges pour le remercier. Saint Michael, protégez-nous de ces jeunes enragés, ah ah ah ! » Puis, sautant du coq à l'âne : « Ça te dirait de tirer quelques coups avec une arme ?

– Euh je ne sais pas trop... Je n'ai jamais essayé.

– Alors ce sera ton baptême du feu ! » me dit-il en me tendant un .38 Special.

Je pris le revolver dans la paume de la main. Il était dur et froid mais revint vite à la vie au contact de mes doigts. À la manière d'un instructeur dans un film de guerre, Ike dirigea mon initiation : déterminer mon œil directeur, trouver ma position sur le pas de tir, contrôler ma respiration, faire le vide dans mon esprit, corps avec l'arme, contrôler le lâcher de la queue de détente et enfin tirer. « Bam ! Bam ! Bam ! Bam ! Bam ! » En un instant fulgurant le monde s'évanouit : il n'y avait plus que la vitesse et le bruit, la lumière et le vide. J'étais abasourdi par la puissance de ce vertige où toutes les forces de l'univers convergeaient. Ike appuya ensuite sur le bouton et Alexandria vint se jeter dans mes bras. Une seule balle avait touché la cible. Mais elle l'avait atteinte en plein cœur.

« Tu peux l'emporter. Ça te fera un chouette souvenir des Villages, dit Ike en me tendant la cible.

– Non je te remercie, je crois que je vais plutôt la laisser reposer en paix. »

En me raccompagnant sur le parvis de l'église, Ike remarqua Alejandro qui fumait une cigarette adossé à sa berline.

« Tu as loué les services d'un garde du corps ? me demanda-t-il en me serrant fermement la main.

– Je parlerais plutôt de ceux d'un ange gardien », répliquai-je avant de filer dans la pénombre du parking.

22

Murder can be fun

Je me souviens que le maquis était toujours en feu. Je me souviens des flammes au bord des chemins, de la fumée qui s'élevait au-dessus des hameaux, du ballet des Canadair dans le ciel, de leur amerrissage au large des ports, des trombes d'eau qu'ils lâchaient sur les collines incendiées.

Je me souviens des nuits bleues, des explosions qui faisaient taire les animaux et les hommes sous la voûte étoilée, des villas plastiquées qui restaient en l'état, éventrées dans le paysage telles les ruines d'une guerre sans nom. Je me souviens des panneaux de signalisation troués d'impacts de balle et des murs bombardés d'acronymes et de slogans vengeurs.

Je me souviens du pénitent, cagoule et robe de moine rouge sang, portant une immense croix de bois dans les ruelles obscures de la vieille ville. À ses pieds nus était attachée une lourde chaîne rouillée et le bruit du métal résonnait contre le pavé. Sur son chemin de croix, il tombait trois fois comme le Christ durant l'ascension du Golgotha. Seul le prêtre connaissait son identité.

Je me souviens du Shanghai, un bar près de la mer où une ancienne prostituée aux cheveux blond platine trônait derrière le comptoir. Un homme en costume blanc, chemise noire et cravate nouée était toujours impeccablement perché sur un tabouret à l'entrée. Il avait le visage buriné, les cheveux plaqués et laissait sa veste ouverte pour que les passants voient son revolver glissé sous sa ceinture. Je me souviens que mon père aimait bien cet endroit. Il m'y payait souvent un Coca avant d'aller voir un film dans le cinéma d'à côté, juste en bas des escaliers, qui s'appelait Le Pascal je crois.

Je me souviens que la plage aux eaux turquoise était gardée par un lion de granit rose. Je me souviens que pour y accéder mon père fonçait au milieu des roseaux au volant d'une Mini Cooper. À ses côtés, je m'accrochais à mon siège et je n'ai jamais été aussi heureux d'avoir peur. Je me souviens que la beauté sauvage était alors éternelle et je sais aujourd'hui que ce paradis est à jamais perdu.

La réminiscence des photos découvertes dans le carnet militaire vint détruire mon château de cartes postales. Dans toute leur banalité, ces quelques clichés étaient une porte ouverte sur un monde parallèle auquel j'étais rattaché par d'obscures forces mais dans lequel je n'existais pas. Je réalisais que des pans entiers de l'existence de Didier m'échapperaient à jamais. Je réalisais que mon père avait eu une vie en dehors de la mienne : il avait eu l'audace d'aimer, rire et souffrir sans que j'en sois la cause ! Je réalisais avec effarement que je n'avais peut-être pas été le centre de son univers. Je réalisais que les parents restaient des étrangers pour les enfants qui ne s'intéressaient pas, qui ne voulaient pas connaître ce qui ne cadrait pas, ce qui dépassait de leur fonction : papa et maman devaient à tout prix demeurer ces gens qui partagent nos vies durant un moment donné, qui nous torchent, nous nourrissent et nous logent jusqu'à ce que nous puissions « voler de nos propres ailes ».

Je ne connaissais *in fine* Didier que par l'image que je m'en étais fabriquée. Je n'avais vécu avec mon père que par intermittence et ne m'intéressais véritablement à lui que depuis sa disparition, depuis que je savais que mes questions resteraient sans réponse. Les photos de son service militaire étaient un pas franchi au-delà d'une frontière. Mais les enfants savent d'instinct que certains territoires doivent rester inconnus car ce qu'ils y découvriraient, si par mégarde ils s'y aventuraient, est dangereux. La peur est leur meilleure amie.

Dans son lit, je n'avais pas le courage d'affronter le soleil et les palmiers et préférai, les rideaux tirés, allumer la télé. Sur VNN, on relatait un nouvel accrochage : « J'avais la priorité, mais elle ne l'a pas respectée », s'offusquait un Villageois devant sa voiturette (immatriculée K4F) qui avait fini sa course contre la statue en pied de Ronald Reagan dressée au centre d'un rond-point. Décidément, les Villages vivaient dans une version Scooby-Doo du *Crash !* de J. G. Ballard, me dis-je en accédant grâce à la télécommande aux films disponibles en VOD. Le compte de Didier était toujours actif et je naviguai dans les menus jusqu'au box-office du Village Vert : la liste du post-it était bien la même que celle qui s'affichait à l'écran. J'avais atterri dans un bled d'accros à l'ultra-violence et lançai *Funny Games U.S.* pour me changer les idées. Je ne connaissais pas l'adaptation américaine, mais je m'endormis avant le meurtre du chien. Je me réveillai sur un plan de téléviseur maculé de sang diffusant une course de stock-cars sur un circuit (le Daytona International Speedway ?). Dans le salon familial, l'un des intrus (deux adolescents habillés en golfeurs : polo et gants blancs, short et baskets) venait de tirer sur l'enfant avec un fusil de chasse. Ligotée par du gaffer, la mère en culotte et soutien-gorge rampait au sol et parvenait à éteindre le poste au-dessus du cadavre de son fils puis à se défaire de ses liens pour enfin soulever son mari gisant sur le tapis. Comme dans la version originale, le plan-séquence durait une éternité et soumettait le spectateur/voyeur/cobaye à un vrai calvaire. Je connaissais la suite et saluai la méthode Haneke en arrêtant son film. C'était mon seul pouvoir. J'aurais aimé, à l'instar du tueur du film, avoir celui de remonter le fil du temps pour modifier le cours de l'histoire en appuyant sur la touche *rewind*. Mais ça ne marchait pas.

En pianotant du pouce, je parvins en quelques interfaces à la section des films porno destinés aux Villageois. Entre *Senior I'd Like 2 Fuck*, *Dirty Granny* ou *GrandPa Fucks Babysitter*, j'arrêtai mon choix sur *Silver Bachelorettes*. Play : dans une boîte de nuit (qui ressemblait étonnamment au Flamingo), des seniors surexcitées tapent des mains, sifflent avec leurs doigts, lancent des cris de guerre sur de la house music. Assises sur des canapés entourant la piste de danse, les villageoises portent toutes une même tenue de collégienne (babies, chaussettes hautes, jupe plissée, chemise blanche, cravate et blazer à écusson) et ont coiffé leurs cheveux gris ou blancs d'une queue-de-cheval, de tresses voire d'un palmier.

Leurs visages ridés ou liftés, trop maquillés, sont déformés par l'ivresse. Sur les tables basses, les verres à cocktail s'accumulent. Tout à coup les lumières s'abaissent tandis qu'on lance des fumigènes, puis, alors que les premières notes de *Baby Wants to Ride* de Frankie Knuckles retentissent, un sculptural chippendale à la peau d'ébène fait son apparition dans les halos de fumée. Le colosse a un masque de gorille sur la tête et un slip léopard sur ses fesses rebondies. Il danse lascivement en faisant le tour des tables au son des hurlements des retraitées qui couvrent la musique. Face à une vieillarde à couettes, il arrête ses mouvements de bassin et arrache brutalement son slip pour libérer un sexe qui bande à moitié. L'octogénaire s'en empare aussitôt pour le secouer énergiquement tandis que ses congénères l'encouragent en criant : « suck it ! suck it ! suck it ! » La vieille s'exécute, puis à tour de rôle ses copines s'activent sur le pénis en érection jusqu'à ce que le chippendale éjacule sur le visage d'une mémé en extase. La reine de la soirée venait d'être sacrée. Vaguement dégoûté, j'éteignis la télé.

Une bière à la main, je regardai à travers la baie vitrée. À l'horizon, de noirs nuages se formaient et des méandres du temps surgirent de lointains souvenirs. Des années auparavant, j'avais sillonné le sud des États-Unis avec deux copains.

Une virée comique à travers l'Alabama, le Mississippi, la Louisiane, la Géorgie et la Floride : nous avions dormi avec des alligators, pris des cuites à 8 heures du matin, combattu des insectes géants à mains nues dans le bayou, détruit notre voiture de location, vomi sur le mur de Graceland, été kidnappés par des cougars cajuns, virés d'un after-show d'Aerosmith, traqués par des junkies dans le cimetière de La Nouvelle-Orléans… Après quinze jours de rigolade, nous étions un peu fatigués. Il était temps de rentrer et l'on avait pris la route de l'aéroport d'Atlanta. Pour passer le temps, nous avions allumé la radio : deux avions venaient de se crasher contre le World Trade Center. À ce moment-là, nous nous étions arrêtés dans le premier motel venu et nous avions passé la semaine suivante cloués au sol, à regarder l'apocalypse en direct à la télé.

Le tonnerre grondait au-dessus des palmiers et bientôt la pluie balaya le bleu du ciel. Je vis l'orage dévorer peu à peu le paysage au rythme des éclairs qui frappaient la terre comme le marteau de Thor. Je vis Mjöllnir s'abattre sur la pelouse millimétrée et je dus alors faire face à un bataillon de lutins encapuchonnés. Plantés au bord de la piscine, ils arboraient des barbes blanches et des lunettes sévères. Pas de masques de singe : sous le déluge, ils avaient tous le visage de Michael Haneke.

23

Speedway

Surplombés par la façade mutique de la Sprint Tower, les gradins en arc de cercle s'étendaient à perte de vue telle une aile de métal épousant la courbe d'une roue lancée à une allure insensée. Le Daytona International Speedway se développait sous mes yeux en un circuit tri-ovale incurvé délimitant, à la manière d'une courroie de transmission, un territoire dédié à la vitesse et à la violence, au feu et à l'essence, aux moteurs à explosion et aux carrosseries défoncées. Au loin, les eaux du lac Floyd scintillaient entre les parkings vides ; c'était un mirage rectangulaire surgi du bitume, un appel à la furie des jet-boats survolant la surface du bassin artificiel dans des duels sans merci contre l'attraction terrestre. Du haut de ma travée, j'avais une vue plongeante sur la *fan zone* désertique qui ressemblait, avec ses palmiers en pot, ses artères en briques, ses bancs en plastique, ses pelouses synthétiques et ses restaurants en forme de huttes, à un village Playmobil. Sur mon siège, j'avais l'impression d'être le dernier survivant, le héros d'un roman postapocalyptique explorant la journée une ville anéantie en quête de boîtes de conserve et se barricadant la nuit dans un bunker pour se protéger des attaques de morts-vivants.

En se posant au sommet d'un réverbère, un héron intensifia l'incroyable solitude dans laquelle je me trouvais. Dans cette arène pouvant accueillir jusqu'à cent quatre-vingt mille spectateurs les jours de course de la NASCAR[1], je pouvais entendre l'épouvantable cri de l'oiseau qui ressemblait tant à celui d'un enfant qu'on égorge. J'eus une pensée pour le tendre cou d'Isaac sous la menace de la lame paternelle en regardant l'animal déployer ses immenses ailes avant de s'élancer, dans de grands battements, vers le sommet des gradins. Comme dans un film de Tony Scott, je vis apparaître la silhouette d'une femme dans la pénombre d'une porte d'accès puis descendre les escaliers dans ma direction

1. La National Association for Stock-Car Auto Racing est le principal organisme qui régit les courses automobiles de stock-cars. Stock-car désigne en anglais des voitures de course améliorées dérivées des voitures de tourisme.

avec une lenteur consommée. Michelle arborait ce jour-là une coupe au carré à la Louise Brooks, des lunettes noires, un trench serré à la taille et des talons aiguilles. Était-elle recherchée par le FBI ou menait-elle une enquête compliquée impliquant des gens haut placés ?

« Quelle entrée théâtrale ! lui dis-je alors qu'elle s'asseyait à mes côtés.

– À mon âge, on ménage ses effets, mon petit ami, répondit-elle en allumant une cigarette.

– C'est impressionnant ce circuit, tu y as déjà vu des courses ?

– Oui, avec ton père notamment, il adorait le stock-car, beaucoup plus physique à ses yeux que la Formule 1 qu'il trouvait ennuyeuse en comparaison. Il voyait les pilotes de la NASCAR comme des gladiateurs dignes de *Mad Max* et je crois qu'il suivait surtout la compétition à cause de ses nombreux accidents. J'ai assisté, sur ces gradins, au plus spectaculaire d'entre eux, celui qui a coûté la vie à Dale Earnhardt, un des grands champions de la discipline. Tu as pu admirer sa statue de bronze à l'entrée du circuit.

– J'ai vu celle d'un couple de seniors…

– Ah non, celle-là c'est celle de Bill et Ann France, les fondateurs de la NASCAR et de ce circuit. La statue d'Earnhardt est de l'autre côté.

– Qu'est ce qui s'est passé ce jour-là ?

– C'était le Daytona 500, la plus prestigieuse course du championnat : 800 kilomètres, 200 tours de piste, des bolides lancés à 260 kilomètres-heure, trois heures et demie de pure folie devant quinze millions de téléspectateurs. "Le Superbowl de la NASCAR" : c'est ainsi qu'on le surnomme, dit Michelle en regardant le circuit orphelin face à nous. Durant les dix-sept premiers tours, Earnhardt menait son équipe en tête avec, dans son sillage, son fils Earnhardt Jr qui devait avoir vingt-sept ans à l'époque. C'est au 49e tour que la première collision contre le mur de béton a eu lieu, la seconde au 157e tour a entraîné une sortie de route. Au 173e tour, la voiture d'Earnhardt était en septième position, celle de Junior en première. Le père empêchait les voitures de grimper jusqu'à celle de son fils. C'est au cours de ce tour qu'un énorme carambolage a éliminé dix-huit voitures d'un seul coup. La course a dû être interrompue pour dégager les carcasses fumantes avant de redémarrer au 180e tour. Earnhardt Jr se disputait la première place avec Waltrip. Derrière eux, en troisième position, Earnhardt Sr bloquait les tentatives de dépassement de Marlin. Lorsque les voitures sont entrées dans le troisième virage du dernier tour, la situation était inchangée. L'accident fatal s'est produit au quatrième virage. Earnhardt a légèrement percuté Marlin avant de perdre le contrôle de sa voiture : elle a alors glissé pour entrer en collision directe avec celle de Schrader qui l'a raclée contre le mur sur une cinquantaine de mètres avant qu'il ne réussisse, je ne sais par quel miracle, à l'entraîner au bas de la pente pour achever leur funeste valse sur l'herbe du champ. Schrader, légèrement blessé, est immédiatement sorti de son véhicule pour tenter de secourir Earnhardt. La course venait de s'achever : Waltrip l'avait remportée devant Earnhardt Jr qui s'est précipité sur la scène du crash où l'on extirpait le corps de son père des décombres fumants pour le transporter en ambulance au Halifax Medical Center. Les tentatives de réanimation ont toutes échoué. Dale Earnhardt a été déclaré mort d'un traumatisme crânien à 17 h 16. Il avait quarante-neuf ans.

– Bon sang, mais tu connais cette histoire dans ses moindres détails !

– Tu vas bientôt comprendre pourquoi », me répondit Michelle en écrasant sa cigarette sous la semelle rouge vif de ses talons aiguilles.

Du paddock vrombirent des bruits de moteur en déchirant l'enceinte d'à-coups brutaux d'accélérateur. Puis nous vîmes deux bolides s'élancer vers la piste dans un boucan infernal. Constellée d'autocollants, la voiture noire portait le numéro 3. Sponsorisée par M&M's, la voiture jaune le 36 : avec le logo de la marque et des bonbons multicolores ornant son carénage, elle ressemblait au fameux paquet de friandises. J'interrogeai Michelle du regard : « Des répliques exactes de la Chevrolet de Dale Earnhardt et de la Pontiac de Ken Schrader. »

Côte à côte, les bolides fonçaient sur le circuit et nous les vîmes filer sous nos yeux telles deux fusées traçantes propulsées à une vitesse vertigineuse avant de disparaître subitement dans le virage. Nos yeux n'avaient plus la faculté de les suivre, mais nous visualisions mentalement leur progression grâce aux variations de leur phénoménal vacarme : comme échappée de *Metal Machine Music* de Lou Reed, une titanesque pièce bruitiste saturait l'espace aérien de Daytona Beach en intimidant même les avions qui décollaient de l'aéroport attenant, séparé du circuit par un modeste macadam à deux voies.

« Qui conduit ces voitures ?

– Le Dr McConaughey joue le rôle d'Earnhardt, Ike celui de Schrader.

– Joue le rôle ? Qu'est-ce que tu veux dire ?

– Pour la fête nationale des VUF, nous allons proposer une reconstitution de ce mythique Daytona 500. McConaughey et Ike s'entraînent pour le crash terminal.

– Mais vous êtes complètement tarés ! Et qu'est-ce que tu viens foutre dans ce grand délire ?

– Script-girl, répondit Michelle avec un sourire.
– Vous avez trouvé qui pour “jouer” le rôle d’Earnhardt Jr ?
– On voulait te le proposer, mais étant donné que tu n’as pas le permis je crois qu’on va devoir se passer de tes services.
– Tu m’en vois soulagé. McConaughey va finir à l’hôpital ?
– C’est l’idée, mais cette fois il y aura des caméras pour filmer son agonie en direct. Nous avons amené quelques corrections au scénario original. Il faut toujours améliorer la réalité.
– Il est au courant qu’il va mourir ?
– C’est lui qui le souhaite. Depuis qu’il a remporté la coupe Harold Schwartz, notre bon docteur a pris goût à la célébrité. Une équipe de télévision le suit dorénavant pour filmer son quotidien, et ce jusqu’à la course. L’émission sera diffusée sur VNN. Regarde le cameraman là-bas, dit-elle en tendant l’index en direction de la *fan zone*. Il n’en perd pas une miette. »
Je vis en effet un homme portant une caméra à l’épaule aux abords du circuit.
« C’est de la téléréalité ! m’exclamai-je, perspicace.
– Tout à fait. Tu sais, malgré le golf, les clubs et les discothèques, nous nous sommes aperçus avec McConaughey que les Villageois s’en-

nuyaient ferme au bout d'un certain temps. Il a observé lors de ses consultations une montée en puissance des états mélancoliques et dépressifs, une hausse inquiétante des prescriptions d'anxiolytiques. Les Villages ont besoin de sensations fortes, de frissons, de nouvelles fictions afin de magnifier leur histoire. Comme les États-Unis au XIXe siècle, nous sommes un pays neuf qui doit construire son propre mythe. Notre nouvelle frontière, c'est la violence, qu'on a trop longtemps éliminée du paysage. Cette émission et cette course sont l'une des solutions apportées à notre problème d'identité lié à notre croissance, un remède contre la névrose ambiante.

– McConaughey est capable d'aller jusqu'au bout ? Je croyais que la mort était taboue dans les Villages.

– Les choses sont en train d'évoluer et il faut les anticiper. McConaughey est trop amoureux de lui-même, je ne suis pas sûre qu'il soit prêt à se sacrifier. Quoique l'idée d'avoir sa statue en bronze sur la place d'un Village ou à l'une des entrées de ce circuit ne doive pas lui déplaire, dit-elle, un sourire malicieux flottant sur ses lèvres.

– Pourquoi m'as-tu demandé de venir aujourd'hui, Michelle ?

– Pour te donner ceci. »

De la poche de son trench, Michelle fit surgir une enveloppe scellée qu'elle me tendit.

« Je n'en ai pas lu le contenu », précisa-t-elle derrière ses lunettes noires.

Mon regard se perdit dans la blancheur parfaite du rectangle que je tenais entre les mains tandis qu'au loin les deux bolides entamaient un nouveau tour de piste.

III

Pale Pink

24

Rapport d'investigation

Loi sur la recherche des causes et des circonstances des décès.

Numéro de dossier A-143092
Prénom à la naissance : Didier
Nom à la naissance : XXX
Date de naissance : 19 avril 1945
Sexe : Masculin
Municipalité de résidence : Village Vert
Pays : Villages-Unis de Floride

<u>Décès</u>
Lieu : indéterminé
Date : 23/01
Heure présumée : 0 h 30

Cause probable de décès
– Anoxie cérébrale par pendaison

Exposé des causes
– L'identification formelle de Didier XXX est faite par le Dr McConaughey, de la clinique du Village Vert des Villages-Unis de Floride à la suite de son décès qui est confirmé par la même personne, à 0 h 30, à la même date du 23/01.
– L'examen externe pratiqué par le Dr McConaughey sur Didier XXX à la même date du 23/01 révèle la présence, à la région du cou, d'un sillon de pendaison qui est complet, obtenu à l'aide d'une corde s'appuyant dans le cou avec Y inversé ainsi qu'une blessure post mortem au niveau du front. Des spécimens biologiques prélevés sur Didier XXX et soumis pour détermination toxicologique démontrent la présence dans le sang d'une alcoolémie de l'ordre de 130 mg/dl, précisant ainsi un état d'ébriété léger au moment de son dernier geste.
– Didier XXX n'a pas d'antécédents médicaux connus. Il n'y a pas d'annotations dans le dossier policier de ce dernier ni de problème de drogue connu des autorités.

Exposé des circonstances

- Didier XXX du Village Vert des Villages-Unis de Floride est retrouvé peu après 9 h 00 le matin du 23/01 dans le salon de son domicile. Le policier en devoir constate que Didier XXX s'est ouvert le crâne en chutant contre une table basse à cause de son état d'ébriété. Transporté à la clinique du Village, Didier XXX est considéré comme décédé par le Dr McConaughey. Aucune raison ou explication n'est connue ou révélée au cours de l'enquête entourant le décès de Didier XXX. Un simple état d'ébriété est noté dans ce cas d'autodestruction mais sans connaître les allées et venues de Didier XXX dans les 24 heures précédant son décès.
- L'enquête entourant les circonstances survenues dans le cas du décès de Didier XXX est effectuée par les policiers du shérif Anderson du Village Vert.

Conclusion

- Dans le cas du décès de Didier XXX, je conclus à une mort violente par autodestruction.

Je soussigné Dr McConaughey reconnais que la date et les lieux, causes, circonstances décrits ci-dessus ont été établis au meilleur de ma connaissance, et ce à la suite de mon investigation.

25

Speaking in tongues

« L'enquête suit son cours, grommela le shérif Anderson en balançant le rapport d'autopsie sur son bureau.

– Pourquoi ne m'avez-vous pas informé des circonstances exactes de la mort de mon père quand on s'est vus la dernière fois ?

– Parce que ces circonstances ne sont justement pas encore "exactes", comme vous le dites, et l'enquête que je mène cherche à les déterminer le plus précisément possible. Est-ce que je peux savoir comment vous avez mis la main sur ce document ? Ou plus "exactement" qui vous l'a fourni ? J'imagine que ce n'est pas le Dr McConaughey, il risquerait une interdiction d'exercer pour vous avoir divulgué ces informations durant une instruction.

– Secret professionnel, répondis-je en fixant le stetson de mon interlocuteur au-dessus duquel flottait une pin-up sur un calendrier. J'aimerais savoir quelle case vous avez cochée pour définir la mort de mon père. Accident ? Suicide ? Meurtre ?

– Secret professionnel, mais je tiens à vous rassurer : vous serez le premier informé de sa nature lorsque j'aurai bouclé cette affaire.

– J'imagine que vous avez des pistes. »

Anderson opina du chef.

« J'imagine que vous ne les partagerez pas avec moi. »

Anderson opina du chef.

« J'imagine que vous ne vous êtes pas fixé de deadline.

– Vous imaginez bien, dit-il impatienté. Quand est-ce que votre visa expire ? Dans quelques jours n'est-ce pas ?

– En effet, mais je crois que les révélations de ce rapport vont le prolonger comme par enchantement.

– Monsieur, sachez que le fait que votre pays, comme l'ensemble de l'Union européenne d'ailleurs, ne reconnaisse pas officiellement la légitimité des Villages-Unis de Floride me donne le droit de vous extrader du jour au lendemain. Mais étant donné la situation actuelle je suis prêt à faire un effort. Un tout petit effort.

– Vous m'en voyez flatté. Je tenais également à vous signaler que les cartons contenant les affaires de mon père ont disparu.

– C'est la procédure habituelle. Après quelques jours où elles sont laissées à disposition des proches, les possessions du défunt sont incinérées.

– C'est affligeant… Je crois que l'on n'a plus grand-chose à se dire, shérif. J'attends évidemment de vos nouvelles au plus vite.

– Je vous ferai signe. Soyez prudent sur la route.

– C'est une menace ?

– Un conseil. Il y a de plus en plus d'accidents ces temps-ci. Les Villageois ont la fâcheuse tendance à conduire leurs voiturettes en état d'ébriété. »

Je sortis du commissariat plus furieux et plus confus que jamais. L'autopsie de McConaughey avait jeté sur la disparition de mon père des zones d'ombre qui formaient d'insondables gouffres. Rien à mes yeux jusque-là n'aurait pu amener Didier au bord de ces précipices. S'y était-il jeté de son plein gré ? L'y avait-on poussé ? Y avait-il basculé par mégarde, comme attiré par une force noire, aspiré par les vertiges de la mélancolie ? Que s'était-il passé dans les Villages pour qu'il en arrive à une telle extrémité ? Qui avait mis en scène son décès ? Pourquoi avait-on déplacé son corps ? Où était-il mort ? Les points d'interrogation flottaient au-dessus de ma tête telles des enclumes alors que je traversais la place ensoleillée.

Autour de moi, des dizaines de Villageois étaient agenouillés les bras en croix sous les palmiers. Les yeux fermés, leurs esprits semblaient converger vers le kiosque à musique où une senior à la peau diaphane et aux longs cheveux blancs détachés psalmodiait en toge rouge, les mains tendues vers le ciel. J'eus un frisson d'angoisse : je connaissais cette vieille folle. Je l'avais vue à la télé, mais surtout dans cet horrible cauchemar, celui du minibar, celui de la chambre 117...

Je m'approchai du kiosque en slalomant au milieu des seniors prosternés devant la sorcière. Je ne comprenais pas un traître mot à son charabia : les phrases qui s'enchaînaient à toute vitesse dans sa bouche distordue formaient un flot continu, inintelligible, obscène, semblant surgir d'une langue barbare héritée du fond des âges, voire inspirée d'une culture extraterrestre. Les Villageois étaient-ils en train d'invoquer une monstrueuse entité préhistorique ? Cthulhu allait-il débarquer au volant d'une voiturette de golf pour les soumettre à sa tyrannie ? Le règne des Grands Anciens était-il venu ? J'avais déjà vu à la télé de tels phénomènes religieux chez certains intégristes chrétiens ; des « élus » parlaient un langage qui leur était inconnu, baragouinaient une langue considérée par leurs fidèles comme étant celle de Dieu, celle que les premiers disciples du Christ avaient entendue lors de la Pentecôte : une langue de feu transcendant l'espace et le temps. Dans la première épître aux Corinthiens, il était précisé : « Celui qui parle en langues ne parle pas aux hommes, mais à Dieu, car personne ne le comprend. Sous l'influence de l'Esprit, il dit des choses inintelligibles. » Amen ! Les chamanes et les médiums spirites s'étaient engouffrés dans la brèche. Les psychiatres, farouches ennemis de la poésie, ne voyaient quant à eux dans ce phénomène qu'« un trouble du langage se manifestant chez des individus souffrant de maladie mentale ». Sans déconner ! Le religieux faisait en tout cas un come-back remarquable sous le soleil de Floride. En position du lotus, la grande prêtresse venait de lancer du plus profond de ses entrailles le plus puissant des mantras : « Ek Ong Kar Sat Gur Prasad[1]... Ek Ong Kar Sat Gur Prasad... Ek Ong Kar Sat Gur Prasad », aussitôt repris en chœur par les Villageois en tailleur, mains en prière, tête dans les cieux. Quelle était la prochaine étape de ce méli-mélo mystique : une apparition de la Vierge à Legoland ? Gary

1. « Le créateur et la création sont un. Tout est une bénédiction de l'unique créateur. »

Schwartz recevant les stigmates sur un green ? Un avatar de Pamela Anderson crucifié à Miami Beach ?

Lunettes noires et chemisette bleu ciel, Alejandro, adossé à sa berline, semblait profiter du spectacle. « Ça fait longtemps que ça dure, ce cirque ? » lui demandai-je sans attendre de réponse. Il se contenta de hausser les épaules.

Sur la route du retour, le paysage qui défilait sous nos yeux était inchangé (des pavillons mutiques aux couleurs pastel, des pelouses tondues au cordeau, des piscines étincelantes sans nageurs), mais il en émanait une impression nouvelle : celle inquiétante d'une vérité cachée, celle oppressante d'une guerre annoncée contre le reste de l'humanité.

26

17

Pourquoi mon père avait-il choisi de confier ses économies (et son assurance vie) à une banque de Tampa située à plus de cent trente kilomètres de son domicile ? La réponse était à chercher dans ses archives. C'est ainsi que je découvris l'étrange histoire de Charles J. Bishop.

Le samedi 5 janvier 2002, cet adolescent de quinze ans (qui ressemblait étonnamment à Screech dans *Sauvé par le gong*) se fait déposer par sa mère et sa grand-mère à l'aéroport international de St. Petersburg-Clearwater afin de suivre sa leçon hebdomadaire de vol. À bord d'un Cessna 172, il commence les procédures de pré-vol puis, sans demander la permission à son instructeur, décolle à 16 h 50 pour prendre la direction de Tampa à une quarantaine de kilomètres de là. Un contrôleur aérien remarque immédiatement l'avion sur ses écrans et envoie un hélicoptère des garde-côtes pour l'intercepter. De son côté, le commandement de la défense aérospatiale lance deux jets de combat F-15 dans le même but. Ils n'auront pas le temps d'effectuer leur mission : à 17 heures, Charles J. Bishop s'écrase de plein fouet contre les vingt-huitième et vingt-neuvième étages du building de la Bank of America et meurt sur le coup. L'immeuble étant vide le week-end, aucun autre mort n'est à signaler. Sur la dépouille de l'adolescent, broyé dans la carcasse de l'appareil, le FBI découvre la lettre suivante :

« J'ai préparé cette déclaration concernant les actes que je m'apprête à commettre. Tout d'abord, Oussama Ben Laden est absolument légitime dans la terreur qu'il a provoquée le 11 septembre. Il a mis une nation puissante à genoux ! Dieu le bénisse, lui et ceux qui ont contribué à la réalisation du 11-Septembre. Les États-Unis devront faire face aux conséquences de leurs horribles actions contre le peuple palestinien et l'Irak pour leur allégeance aux monstrueux Israéliens – qui ne veulent rien de moins que la domination du monde ! Vous payerez – que Dieu vous aide – et je vous le ferai payer ! »

Rien dans le profil de Charles J. Bishop établi par le FBI ne saurait expliquer ce *rip-off* miniature de l'attentat contre le World Trade Center. Élève brillant, quoiqu'un peu arrogant selon son instructeur de vol, il avait de fortes capacités intellectuelles, s'intéressait aux sciences et voulait devenir pilote de ligne. Cité au tableau d'honneur du lycée d'East Lake, son professeur principal le décrit comme un geek pro-américain, extrêmement timide et ayant peu d'amis. Une enquête plus poussée a révélé qu'il ne souffrait d'aucune maladie mentale, mais qu'il prenait des médicaments contre l'acné.

Sa mère fit publier une déclaration où elle affirmait que « Charles et sa famille ont toujours soutenu pleinement la guerre des États-Unis contre le terrorisme et Oussama Ben Laden. Nous ne comprenons pas pourquoi ni comment cet incident s'est produit. »

Au pied du 101 Kennedy Boulevard, je regardais les quarante-deux étages de verre et de béton de la Bank of the Villages (rebaptisée ainsi après la *silver revolution*) s'élever dans le ciel en essayant de situer le point d'impact du Cessna de Bishop, d'imaginer les dernières pensées de l'adolescent avant d'être réduit en steak haché : avait-il hurlé « Allah Akbar ! » en regrettant de périr dans la peau d'un puceau ? Croyait-il vraiment que soixante-douze vierges l'attendaient au paradis des kamikazes ? Redoutait-il les flammes de l'enfer ? Quelle que soit sa destination finale, le pauvre Charles J. Bishop pouvait néanmoins se consoler : en mettant brutalement fin à ses jours, l'adolescent avait échappé à la conversion de Britney Spears au transhumanisme après sa « libération » et à la métamorphose de l'ex-*teen idol* en divinité « aquatique », me dis-je en poussant les portes tournantes de la banque.

À l'intérieur du building, le marbre partouzait avec les plantes exotiques, les appliques Art déco avec les fauteuils Bauhaus dans un décor qui tenait autant du showroom d'une marque de luxe, du hall d'exposition d'un concessionnaire de limousines que de l'antre d'un nabab hollywoodien reclus dans sa paranoïa. La Bank of the Villages semblait avoir engagé les services de Ferdinando Scarfiotti, le génial décorateur italien à qui l'on devait la splendeur visuelle de *Mort à Venise*, d'*American Gigolo* et de *Scarface*, des films dans lesquels les apparences étaient des pièges mortels. Une file de seniors en polo et chino attendait sagement devant un guichet doré et l'on aurait très bien imaginé un perroquet aux ailes multicolores voler entre les colonnes veinées avant de se poser sur l'épaule d'un retraité pour réclamer une cacahuète.

Au bureau d'information, je demandai à voir le directeur (un certain « Burt Lancaster », ça ne s'invente pas) à une blonde autoritaire en chignon et tailleur gris perle qui, parfaitement liftée, ressemblait à Tippi Hedren dans *Pas de printemps pour Marnie*. « Vous avez rendez-vous ? me demanda-t-elle d'un regard commercial.

– Oui, c'est lui qui m'a contacté.

– Et qui dois-je annoncer ? »

Je déclinai mon identité.

« Je l'informe de votre arrivée, veuillez patienter quelques instants », me dit-elle en pointant d'un ongle peint, sous un palmier kentia géant, un canapé dessiné par Ludwig Mies van der Rohe face une table basse sur laquelle étaient disposés des numéros de *Golf Magazine*, *Forbes* et *AD*. J'étais en train de parcourir un article sur la vogue des églises brutalistes en Europe durant les *sixties* lorsqu'un élégant sexagénaire en costume-cravate Gucci s'avança vers moi. « Burt Lancaster. Enchanté de vous rencontrer, se présenta-t-il en me serrant vigoureusement la main. Vous me suivez dans mon bureau ? »

Dans la pièce de métal et verre, Burt Lancaster trônait dans un profond fauteuil en cuir jaune sous une sérigraphie de *A Bigger Splash* de David Hockney. Sur sa large table de travail en acajou, il y avait un ordinateur, quelques pages imprimées et le portrait d'une femme sans âge dans un cadre d'argent. Le directeur n'avait, en dehors de son patronyme, aucun point commun avec le héros de *The Swimmer* et de *Tant qu'il y aura des hommes*, mais son visage (menton volontaire avec fossette, nez droit, regard de lézard, peau cuivrée sous cheveux blancs en balayage) évoquait étonnamment celui du Dr McConaughey. Avaient-ils recours au même chirurgien esthétique ?

« Comme vous le savez, votre défunt papa – veuillez accepter nos sincères condoléances – avait confié ses économies à notre banque, commença-t-il avec l'aplomb du professionnel. Si je vous ai demandé de venir aujourd'hui, c'est pour que nous discutions de sa succession. Vous disposez en tant qu'unique héritier – à ma connaissance il n'a rien laissé à sa dernière compagne ni à ses anciennes épouses – de 9 850 dollars sur son compte courant, d'une assurance vie de 50 000 et quelques dollars et du contenu d'un coffre dont il était le seul à disposer. Voici un double des clés, il vous revient de droit, me dit-il en posant le jeu sur le bureau. Vous pouvez si vous le désirez virer l'argent de votre père sur votre compte en France, mais vous y perdrez beaucoup au passage, votre gouvernement est très gourmand sur les héritages. Ce que je vous propose donc, c'est d'anticiper le futur et d'ouvrir un compte chez nous à votre nom pour y verser les sommes héritées. Ce n'est pas un tour de passe-passe mais un partenariat à long terme qui s'offre à vous : vous ne perdrez rien, bien au contraire, et nous serons tous gagnants dans cette opération. Il vous suffit pour cela de signer quelques papiers où vous vous engagez à devenir citoyen des VUF dès votre retraite. Vous approchez de la quarantaine, n'est-ce pas ? Un âge où il est naturel d'envisager son avenir. Votre héritage vous donne la possibilité de réaliser un rêve : devenir un Villageois ! N'est-ce pas merveilleux ?

– Je n'ai pas de mots pour exprimer ce que je ressens, répondis-je.

– Vous avez bien entendu le temps de réfléchir à notre proposition. Vous trouverez dans cette brochure toutes les démarches à effectuer, annonça-t-il en me tendant un fascicule sur lequel un couple de seniors riait aux éclats sur un parcours de golf. Mais sachez que nous pouvons d'ores et déjà vous offrir les services de l'un de nos agents qui les effectuera à votre place. De plus nos placements sont sûrs, nous vivons un boom économique exceptionnel, historique à l'échelle de l'humanité, et votre héritage fructifiera jusqu'à vos cinquante-cinq ans au-delà de nos pronostics les plus optimistes. Je n'ai aucun doute là-dessus. Qu'en pensez-vous ?

– Je vais y réfléchir, lui dis-je, le regard perdu dans les projections de la piscine saisies par Hockney, juste après le saut d'un plongeur anonyme, qui m'avaient toujours évoqué la chute d'Icare. En attendant, j'aimerais si vous me le permettez accéder au coffre de mon père.

– Mais bien entendu, rien de plus facile… » déclara-t-il en appuyant sur un bouton.

Tippi Hedren fit aussitôt une entrée majestueuse dans le bureau de Burt Lancaster.

« Pouvez-vous accompagner monsieur aux coffres, s'il vous plaît ? »

Après avoir serré la main de Burt (« À très bientôt. Nous comptons sur vous »), je suivis Tippi dont la jupe serrée claquait au rythme de ses talons aiguilles. Nous descendîmes une volée de marches et elle m'abandonna aux bons soins d'un gardien cubain devant une grille métallique.

« Vous avez dix minutes », me dit-elle en guise d'adieu.

Le cerbère m'ouvrit et je pénétrai dans une étroite pièce aveugle éclairée par des néons. Du sol au plafond, les murs étaient occupés par une infinité de petits coffres encastrés. Au centre de la pièce, il y avait une table et une chaise en métal scellées comme si on allait procéder à une dissection ou à l'interrogatoire musclé d'un serial killer. Le numéro 17 était gravé sur l'une des deux clés que m'avait confiées le banquier. Je fis le tour de la pièce à la recherche du coffre correspondant. Puis j'insérais la clé dans sa serrure, la fis tourner, entendis un déclic. La trappe en métal brossé s'ouvrit alors et je pus en extraire une boîte oblongue que je déposai sur la table. Je m'assis face au parallélépipède. La seconde clé permettait d'en actionner le couvercle. Je le soulevai. À l'intérieur, je découvris une grosse liasse de billets usagés, une clé USB et une enveloppe scellée. Je la décachetai. Elle contenait une lettre manuscrite. La lettre m'était adressée.

27

La lettre

Mon Choupi,

Si tu lis cette lettre, c'est que je suis parti.

Oui, à l'heure où tu déchiffres ces lignes ton papounet est enfin arrivé au paradis. Des anges aux ailes phosphorescentes sont venus me chercher pour m'amener dans un monde meilleur. Avec sa barbe fleurie et sa toge immaculée, Dieu m'a accueilli les bras ouverts tel un arc-en-ciel pour me souhaiter la bienvenue au milieu des nuages.

« Salut Didier, s'est-il exclamé de sa grosse voix tonitruante. Tu n'as rien à regretter… On va bien se marrer ! » Depuis, je passe mes journées à jouer au golf sur le green du Seigneur en compagnie du grand Clint à qui je raconte, en sillonnant les parcours en voiturette, combien tu

fus un enfant formidable et combien j'ai eu de la chance d'avoir un fils comme toi. Il a même souri lorsque je lui ai dit que ton film préféré était L'inspecteur Harry *! J'ai également croisé Brigitte Bardot en visitant le zoo. Elle était en train de se faire draguer par ce gros lourd de Noé qui lui mettait une tête comme ça avec son arche. En croisant mon regard, elle leva les yeux au ciel. Je crois que je vais tenter ma chance : moi aussi, j'adore les bébés phoques !*

Ici je ne vois pas le temps passer. Maintenant que je suis pépère au paradis, je peux bien te l'avouer : partir pour les Villages fut une erreur fatale. J'ai cru en m'envolant pour la Floride échapper à la morosité de ma vie, faire le pari d'un autre destin, fuir l'ennui. J'y ai cru quelque temps en m'installant au Village Vert, mais il était déjà trop tard lorsque j'ai compris que je m'étais bien au contraire précipité dans ses griffes. La mélancolie est un baiser mortel qui se pose sur nos lèvres durant un moment d'égarement, un poison vicieux dont on ne guérit pas, une maladie qui nous ronge à petit feu, un démon qui nous dévore jusqu'à ce qu'on lui livre son dernier souffle.

J'ai voulu combattre le diable de toutes mes forces. J'ai remonté les rivières du mal à contre-courant, j'ai cherché la source de nos souffrances, j'ai exploré sa gueule béante, mais au bout de la route je n'ai vu que mon propre visage. Alors il a bien fallu que je rebrousse chemin, que je revienne sur mes pas. Et lorsque je me suis retrouvé à mon point de départ, je n'ai plus eu d'autre choix que de baisser les bras et rendre les armes.

Ce n'est pas en coupant les mauvaises herbes qu'on les empêche de repousser. Pour en arracher les racines, j'ai cherché où les graines avaient été semées. Le rhizome qui s'était développé menaçait de donner naissance à de nouvelles, à de néfastes floraisons et de s'étendre ainsi à l'infini si l'on ne parvenait pas à le maîtriser. Ma mission était d'en isoler les germes. Au Texas, il suffit de quelques coups de pelle pour faire surgir un gisement de pétrole, il en va de même pour la violence en Floride.

Comme tu le sais sans doute, il n'y a en ce bas monde ni gagnants ni perdants. Il y a simplement des joueurs qui se distraient comme ils peuvent en attendant la mort. Certains ont de l'argent, d'autres n'en ont pas. Le jeu consiste à délester ceux qui en ont. Le jeu consiste à ne pas se faire dérober son magot. Autour de la table, il y a parfois une catégorie de joueurs qu'on ne distingue que lorsque la partie est engagée. Ils n'obéissent qu'à leurs propres règles et les seules lois qu'ils respectent sont celles dictées par le mensonge et la duplicité. Ce sont des tricheurs. Ce sont eux qui m'ont fourni des outils pour forer. Je cherchais dans une direction, ils culti-

vaient en secret d'autres desseins. Quand je me suis retrouvé « au fond du trou », ils ont simplement rebouché la brèche. En leur accordant ma confiance, et sans m'en rendre compte, j'avais creusé ma tombe.

Tu trouveras dans ce coffre une liasse de billets. Cet argent est sale. Ce sont eux qui me l'ont offert. Pour m'acheter. Je ne vaux pas plus que cela : quelques dollars maculés de sang. Tu peux les jeter dans les toilettes et tirer la chasse. Tu peux les filer à un clochard pour qu'il se paye une bonne cuite. Tu peux offrir des fleurs à ta mère que j'ai tant aimée (et qui t'aime tout autant). L'argent sale se gagne salement et je n'ai pas dérogé à la norme. Puisse le Seigneur me pardonner et ne pas m'interdire l'accès à son green !

Tu trouveras également une clé USB. Tu dois savoir qu'ils sont responsables de ce qu'elle contient. Je sais que tu en feras bon usage, mais sois prudent Choupi, les tricheurs sont des gens dangereux.

Un jour, quand tu étais petit, tu m'as dit que lorsque tu serais devenu « un grand chef d'orchestre » (je ne sais pas comment tu t'étais mis cette idée en tête !) tu m'emmènerais à Tahiti. Tu n'as jamais dirigé de musiciens à la baguette, mais sache que chaque moment que j'ai passé avec toi, que chaque regard que j'ai posé sur ton tendre visage fut comme si nous étions tous les deux sur une plage à Papeete, à siroter du jus de coco face au coucher du soleil.

Je t'aimerai toujours.

Didier

28

Comme dans un western

Je me souviens très bien du plus beau jour de ma vie. Non, en fait je ne m'en souviens pas si bien que cela puisque je ne sais plus le situer dans le temps. Quel âge pouvais-je avoir ? Dix, onze, douze ans ? Je ne sais plus. Je sais par contre que nous étions mon père et moi à Ordonnaz dans l'Ain où nous passions quelques jours (à quelle occasion ?) dans la maison de mes grands-parents maternels. Ma mère était-elle là ? Sans doute, mais je ne m'en souviens pas non plus. Ce n'était ni l'hiver ni l'été, mais plutôt une saison intermédiaire. L'automne peut-être. Mon père m'avait embarqué dans l'ascension du mont qui domine le village et j'avais choisi de m'habiller d'une gabardine, d'un bandana et d'un chapeau de paille. Arrivés au sommet, nous fûmes surpris par la pluie et décidâmes, au lieu de rebrousser chemin, de dévaler la colline en coupant à travers champs « comme dans un western ». Il n'y avait pas de sentier et nous nous enfonçâmes dans les herbes hautes en dévalant la pente à grandes enjambées. La pluie frappait nos visages, nos pantalons étaient trempés, nos mains griffées par les ronces, et nous foncions droit devant. Rien ne pouvait nous arrêter. Nous étions des aventuriers.

Lorsque nous arrivâmes, j'avais les joues en feu sous la pluie battante et je demandai à mon père de me prendre en photo contre le mur décrépi de la maison. Avais-je le pressentiment qu'il fallait garder un souvenir de cet instant précis ? Je ne sais pas. Mon père sortit son Minox de la poche de son blouson en cuir et je me figeai dans ma tenue d'explorateur. Clic clac, la Terre pouvait s'arrêter de tourner, nous avions été heureux ce jour-là.

29

La chasse

« Lâchez-le ! » La nuit est noire et à la lumière des lampes torches – qui dévoile des bosquets, des arbres moussus et des eaux stagnantes – nous devinons que nous sommes dans un marécage. La scène est filmée par une GoPro fixée au front d'un mystérieux personnage dont nous n'entendons que la voix. Face à lui, il y a un jeune homme qui a peur, on le voit dans ses yeux en pleurs. Il doit avoir une vingtaine d'années, il est noir, il est bâillonné par du gaffer et ses mains sont attachées derrière son dos. Il est encadré par deux hommes en cagoule et tenue paramilitaire. « Tu as dix minutes devant toi, dit la voix, puis on t'attrape et on te tue. Tu as bien compris ? » Le jeune Noir acquiesce d'un mouvement de la tête. « Vas-y, maintenant ! » hurle la voix. La caméra fixe alors le fugitif qui disparaît dans les ténèbres à toute allure et bientôt l'on n'entend plus que les *splash splash* de sa course qui se perd au lointain.

Cut, la caméra est désormais en *night vision* et nous suivons les hommes cagoulés qui avancent en silence dans le marais avec des fusils d'assaut. Ils se font des signes de la main pour communiquer, progressent avec précaution. Leurs mouvements provoquent des bruits de rame qui se mêlent aux coassements des crapauds et aux hululements des hiboux. Le groupe se fige : un des hommes a vu quelque chose, arme son fusil et s'agenouille en position de tir. Il cherche la cible à travers sa lunette thermique. Puis l'on entend une détonation qui fait taire toutes les créatures du marais. Les hommes armés se ruent dans les eaux noirâtres. La caméra vient de saisir dans son cadre une forme humaine qui court en claudiquant. Nous gagnons du terrain dans une frénésie de bruits et de cris. Le fugitif est à portée de main et un homme cagoulé se jette sur lui pour le mettre à terre. Le jeune Noir a été touché à la jambe, du sang s'écoule de sa plaie. Il hurle à travers le gaffer.

Cut, nous sommes maintenant dans un sous-bois éclairé par les phares de plusieurs pick-up. Le jeune Noir est debout sur la plage arrière d'un des véhicules. Il a une corde autour du cou. La corde est attachée à un arbre, la voiture démarre tout à coup, le corps tombe dans le vide. La corde se tend violemment. Ses pieds se débattent en vain dans les airs avant de s'immobiliser dans d'atroces soubresauts. La caméra fixe son visage à l'agonie.

La vidéo s'arrêtait là. Je n'avais jamais rien vu d'aussi violent. Je me souviens pourtant d'avoir zoné, durant des heures d'insomnie, sur le site Bestgore qui archivait les pires vidéos d'Internet : accidents de la route, autopsies, suicides face caméra, djihadistes exécutant des infidèles à la chaîne, narcos démembrant des journalistes pour composer des natures mortes sur les ronds-points de Mexico… mais à chaque fois j'arrêtais les vidéos avant de voir le sang gicler. Savoir qu'elles existaient, qu'elles étaient disponibles en quelques clics suffisait à mon effroi.

Je n'avais pour l'instant pas le courage de regarder les autres vidéos conservées sur la clé USB par mon père. Pourquoi me les avait-il confiées au-delà de la mort ? Que devais-je en faire ? Avait-il joué un rôle dans cette chasse à l'homme où le gibier n'avait aucune chance ? Mon père était-il devenu un monstre dans les Villages ? Cette horrible expédition punitive ressemblait beaucoup à un remake du lynchage de Claude Neal, la GoPro remplaçant ici les appareils photo des années trente. Cette vidéo avait-elle été virale ? Une recherche rapide sur Internet ne porta pas ses fruits mais j'imaginais mal qu'on poste ça sur son compte Insta. Ce genre de trucs s'échangeait plutôt sur des réseaux parallèles. Il m'était arrivé de faire un tour sur le Darknet avec un copain informaticien : il était facile d'y commander des armes et de la drogue (nous avions acheté des champignons hallucinogènes, arrivés quelques jours plus tard par la poste). Les snuff movies tchétchènes et les vidéos pédophiles tournées par des Autrichiens à Pattaya devaient également avoir leurs registres, leurs forums et leurs consommateurs, mais nous n'avions pas vérifié.

Je repassai plusieurs fois la vidéo à la recherche d'indices qui révéleraient la présence de mon père. Les images défilaient sous mes yeux à des vitesses variées et je ne pus m'empêcher de m'arrêter sur le visage du jeune Noir bâillonné. J'aurais voulu connaître son nom. Quelle avait pu être sa vie avant d'être capturé ? J'en étais persuadé : ses bourreaux s'en foutaient complètement. Leurs critères de sélection étaient faciles à deviner : son âge et la couleur de sa peau. Je passais la vidéo au ralenti lorsqu'un motif retint mon attention. Image par image, je revins en arrière jusqu'à fixer celle qui m'interrogeait. Ce n'était pas clair et je fis une capture d'écran sur mon ordinateur portable. J'agrandis l'image de l'homme cagoulé en position de tir. Une fois, deux fois, trois fois, quatre fois, en zoomant sur le bras de sa veste militaire. Sous mes yeux se dessina alors en pixels explosés la gueule ouverte d'un cobra. Deux V figuraient ses crocs.

30

Boom

Construit dans la banlieue d'Orlando au début du siècle par le cabinet d'architectes JPRA, le Mall at Millenia était l'un des joyaux de la Forbes Company qui avait essaimé ses temples de la consommation haut de gamme sur tout le territoire nord-américain. Moins de cinq ans après son inauguration, le succès du centre commercial était tel qu'il entraîna une prolifération d'enseignes spécialisées, de magasins franchisés et de fast-foods aux alentours ainsi que la construction d'habitations, bureaux et bâtiments de services. L'explosion économique et démographique était si forte qu'une ligne de bus fut bientôt nécessaire pour se déplacer dans cette agglomération proliférante. Le gouverneur de Floride décida donc de baptiser cet ancien terrain vague encerclé par les échangeurs autoroutiers. Et c'est ainsi que « Millenia » s'imposa comme un pôle d'attraction majeur pour les Floridiens et les touristes avant que les Villageois n'en fassent l'une des vitrines incontournables de leur vitalité et de leur puissance.

Armani, Hermès, Gucci, Prada, Chanel, Dior, Saint Laurent, Louis Vuitton, Versace, Louboutin, Rolex, Bulgari… Les plus grandes marques de luxe se devaient dès lors d'ouvrir un de leurs écrins dans le vaisseau amiral de cette cité dédiée au vertige consumériste. Prière exaucée au milieu d'un néant d'herbes folles et de carcasses de voitures abandonnées, le Mall at Millenia avait surgi tel un palais de marbre et de verre célébrant sur deux étages et quelque cent quatre mille mètres carrés la victoire incontestable de l'ultra-capitalisme sur toute autre forme de vie.

Alejandro me déposa devant l'entrée majestueuse du Mall : un cylindre de verre coiffé d'une coupole d'argent devant lequel une rangée d'immenses palmiers au garde-à-vous saluaient l'arrivée des visiteurs. Passé les portes tambour, un étrange aquarium accueillait les fidèles au centre du sas circulaire pavé en étoile : une colonne translucide de six mètres de haut sur deux de large dont émanait, au milieu d'un bouillonnement de fines bulles, une intense lumière rose à la manière du cœur radioactif d'une centrale nucléaire. Une nouvelle forme de vie allait-elle surgir de ce tube à essai géant ? De peur de m'y griller les ailes tel un vulgaire moustique (ou de me faire attaquer par un poisson mutant), je contournai la structure pour m'aventurer dans les artères de l'édifice.

Comme dans la plupart des malls que j'avais parcourus, les clients aux cheveux d'argent glissaient sur le marbre au rythme indolent de classiques pop réarrangés (*Close to You*, *Dancing Queen*, *Walk On By*) et se laissaient ainsi bercer, à la dérive, dans une douce euphorie, jusqu'aux archanges qui les accueillaient dans leurs îlots enchantés afin de les conseiller sur l'achat d'un sac, d'une montre ou d'une paire de chaussures. Tout en envisageant les différentes expériences qui s'offraient à moi (une paire de Persol ? un stylo Montblanc ? un implant d'iPhone ?), je parvins jusqu'au *garden court* faisant là fonction de place de village avec ses fontaines, ses bassins colorés, ses plantes exotiques, son bar à champagne et ses colonnes doriques qui grimpaient jusqu'à l'immense verrière arrondie couvrant le corps du bâtiment.

Tailleur cintré et jupe pied-de-poule, béret noir de travers sur perruque châtain ondulée, Michelle m'attendait accoudée au comptoir, une coupe à portée de la main à côté d'un bouquet de roses rouges, une cigarette au bord des lèvres.

« Quelqu'un a une allumette ? me demanda-t-elle d'une voix rauque.

– J'ai bien peur, ma chère, que l'enceinte du Millenia soit réservée aux non-fumeurs.

– Effectivement et c'est bien regrettable. Les grandes fumeuses avaient une certaine allure, tu ne trouves pas ? rétorqua-t-elle en rangeant sa cigarette dans son étui doré. Je peux t'offrir une coupe ?

– Volontiers. »

D'un signe au serveur cubain, je fus servi. Alors que nous faisions tinter nos verres, je lui dis :

« Les conclusions de ton amant sont formelles : Didier est mort pendu. »

Michelle reposa sa coupe et je vis ses beaux yeux s'embuer.

« Comment est-ce possible ? On l'a retrouvé chez lui assommé après une chute…

– Une mise en scène. J'essaie de comprendre ce qui s'est passé. Le shérif également, mais je ne sais pas s'il me dévoilera le résultat de son enquête, si tant est qu'il découvre quoi que ce soit.

– Il est payé pour ça, mais c'est un serviteur des Villages.

– Je ne te le fais pas dire. J'ai également découvert ça dans le coffre-fort de Didier », déclarai-je en sortant la clé USB de la poche de mon jean.

Michelle la regarda, interloquée.

« Elle contient des vidéos. Je n'ai pu en regarder qu'une seule.

– Qu… que… qu'est-ce que tu as vu ? balbutia-t-elle.

– Une chasse à l'homme, une exécution, un meurtre filmé.

– Quelle horreur… Ça se passe dans les Villages ? On reconnaît des visages ?

– Dans les marais, les hommes qui ont fait ça sont cagoulés, mais on voit très bien la tête de leur victime, un jeune Noir, elle pend au bout d'une corde. Je te la montrerai si tu veux.

– Non merci. Pourquoi ton père conservait ça ?

– Je ne sais pas. Tu n'as jamais entendu parler de vidéos extrêmes circulant entre les Villageois ?

– Non, c'est la première fois, je te l'assure.

– Et d'expéditions nocturnes organisées par le club de tir du Village Vert ?

– Des chasses à l'alligator oui, mais rien d'autre. Didier y avait participé. Il faut que tu en parles avec Ike.

– C'est ce que je compte faire, lui répondis-je. La clé était accompagnée d'une lettre qui m'était adressée.

– De Didier ?

– Oui. »

Il y eut un silence.

« Tu peux me la faire lire ?

– Oui », répondis-je en tirant la lettre manuscrite de ma veste.

Michelle la lut à toute vitesse, des larmes embuèrent ses yeux trop maquillés au fil de sa lecture. « Il n'allait pas très bien, ton pauvre papa… me dit-elle en me la rendant, la gorge nouée.

– C'est le moins que l'on puisse dire. J'ai beau la lire et la relire, je ne parviens pas à discerner ce qui se rattache à la réalité de ce qui découle d'une dérive mentale, ce qui est l'œuvre d'un homme qui souffre des élucubrations d'un paranoïaque. C'est très confus. Qui sont les tricheurs dont il parle ?

– Je suis désolée, j'aimerais tant t'aider mais je n'en ai pas la moindre idée… »

Clic… clic… clic… clic… une symphonie de cliquetis métalliques détourna alors notre attention. Dans une allée latérale, un groupe de vieillards avançait avec une infinie lenteur à l'aide de déambulateurs. Leurs dos voûtés étaient recouverts de plaids écossais et leurs visages, ridés à l'extrême, tournés vers le sol. Les yeux clos, ils semblaient guidés par une voix intérieure, attirés par une force obscure dans le dédale du centre commercial.

« Il doit y avoir des soldes, dit Michelle en regardant cette étrange tribu un sourire triste aux lèvres. Ce sont des pionniers. La légende veut qu'ils soient ici depuis la fondation du premier Village par Harold Schwartz. Certains auraient plus de cent ans, mais je crois qu'ils ne connaissent plus leur âge ni leur identité. Ce sont des énigmes : ils ne parlent plus, restent la plupart du temps prostrés chez eux sur leur canapé, totalement absents ou perdus dans la contemplation du ciel ou de la surface de leur piscine quand ils ont les yeux ouverts. Ils évoluent de toute évidence dans une autre dimension que la nôtre. C'est pour cela qu'on les surnomme "les Mystiques", en hommage à ces belles créatures sans âge qui combattent les ignobles Skeksès dans *Dark Crystal*. Parfois les Mystiques se lèvent subitement et se retrouvent ici comme s'ils communiquaient par télépathie, comme s'ils répondaient à un appel.

– À la manière des éléphants sur le chemin de leur cimetière…

– Oui c'est une idée romanesque, mais je pencherais plutôt pour un réflexe moteur au ralenti. Ils sont deux fois plus nombreux lors du Black Friday, c'est assez effrayant… Dis donc, tu m'accompagnes chez Chanel ? Ça nous changera les idées. Je dois faire un essayage.

– Pourquoi pas. »

Nous empruntâmes l'un des escalators pour accéder à l'étage où les plus chics enseignes étaient regroupées près de l'*anchor store* de

Bloomingdale's. Entre Versace et Louis Vuitton, la boutique Chanel était un bloc noir et blanc, austère et intimidant, à l'intérieur duquel les marchandises étaient présentées dans des cubes de verre comme des œuvres d'art ou les trésors d'un peuple décimé dans un muséum d'histoire naturelle. Nous franchîmes les portes grandes ouvertes pour être accueillis par une très élégante senior sud-américaine qui ressemblait à Bianca Jagger.

« Vous allez bien, chère Michelle ?

– Le mieux du monde, Miranda. Je vous présente mon *personal shopper* français, répondit-elle en me désignant d'un geste vague. Est-ce que ma commande est prête ?

– Mais bien sûr Michelle, si vous voulez bien passer en cabine, Eva va vous l'apporter. N'est-ce pas Eva ? » dit-elle en haussant la voix. La Cubaine derrière la caisse s'exécuta aussitôt et Michelle disparut dans son sillage au fond du magasin. Miranda s'occupa d'un couple de vieillards qui cherchait « quelque chose de siglé » tandis que mon regard se perdait, entre deux mannequins mutiques, dans les reflets des vitrines qui se télescopaient comme dans un kaléidoscope. Le monde ressemblait désormais à un immense duty free fracturé par la vision d'un peintre cubiste.

« Comment me trouves-tu ? »

Lorsque je me retournai vers Michelle, je fus stupéfait : elle portait un tailleur rose bonbon en lainage à bouclettes, un chapeau toque de la même couleur, des escarpins et un sac à main assorti au bleu marine de son revers. Elle avait enfilé des gants blancs et tenait son bouquet de roses rouges entre ses bras. Soit une copie conforme de la tenue adoptée par Jackie Kennedy à son arrivée ensoleillée à l'aéroport de Dallas le 22 novembre 1963.

« Tu es époustouflante. Il ne manque plus que quelques éclaboussures de sang par-ci par-là et un peu de matière cérébrale accrochée au lainage pour parachever ton costume. J'imagine que le Dr McConaughey s'est attribué le rôle de JFK ?

– C'est en discussion, mais le casting est ouvert.

– Et Ike celui d'Oswald ?

– Possible. Tu pourrais également postuler mais il faudrait pour cela t'entraîner à tirer au fusil à longue-vue. »

Clic... clic... clic... Un Mystique fit son entrée dans la boutique. Nous nous retournâmes à l'unisson pour le regarder, penché sur son déambulateur. S'était-il égaré de son troupeau ? Miranda fit quelques pas vers lui (pour l'aider ? l'éloigner ?) lorsque subitement la créature préhistorique se redressa de toute sa hauteur sur ses pattes arrière, souleva le plaid qui la recouvrait, révéla une ceinture d'explosifs encerclant son abdomen et hurla « Que notre règne arrive ! »

avant d'appuyer sur le détonateur qu'il brandissait d'une main.

Alors l'apocalypse s'abattit sauvagement sur le centre commercial. En un instant, le monde ne fut plus qu'un déluge de bruit et de fureur, de verre et de feu, de viscères et de métal, de sang et de béton. L'infernale déflagration se répercuta en écho dans mon crâne tandis que j'étais projeté en suspension à côté de sacs déchiquetés, d'éclats de vitrines et de morceaux de mannequins démantibulés… En un flash fulgurant, je vis la tête de Miranda s'arracher de son torse pour filer dans les airs, je vis le corps de Jackie Kennedy propulsé contre un pilier dans un essaim de pétales de roses et de bris de miroirs, je vis le couple de vieillards soufflé vers les cabines d'essayage, je vis enfin le sol veiné frapper contre ma tête et je perdis connaissance en franchissant l'entrée du Pandémonium…

Une route de marbre noir surplombait des précipices rocheux au fond desquels rougeoyait du magma en fusion. De part et d'autre, des démons ailés puisaient à l'aide de fourches des vieillards nus dans des cages en métal noirci avant de les précipiter dans le vide. L'espace illimité du palais résonnait de leurs cris avant qu'ils ne percutent la lave. Je parvins au bas d'un immense escalier sur les marches duquel gisaient pêle-mêle, à la manière des natures mortes peintes par Géricault, des mains, des pieds, des jambes, des bras et des sexes exsangues au fur et à mesure de ma progression. Parvenu au sommet, je vis un boucher encagoulé, le dos et le cul poilus, vêtu d'un simple tablier en cotte de mailles, lever un hachoir afin de sectionner les membres d'un supplicié, maintenu sur un lit de braise par des succubes, avant de les jeter par-dessus son épaule. Une file de jeunes gens dénudés attendait leur tour, soumis au fouet d'une Michelle rousse en combinaison de cuir. « Ah, te voilà enfin ! Il t'attend », me dit-elle avant de me diriger vers une porte en ogive qui s'ouvrit sur une pièce obscure. Pas à pas j'avançai dans la pénombre. Peu à peu je distinguai la découpe d'un trône de fer, semblable à une cathédrale inversée, éclairé par les flammes d'un brasier. Assis les jambes ballantes dans des petites bottes rouges, un enfant siégeait. Sous la capuche de son ciré jaune, il avait le visage de Harold Schwartz.

31

La Guerre des étoiles

Face à nous, les étoiles n'avaient jamais été aussi proches. Si j'avais eu le courage de sortir les bras de mon sac de couchage, j'aurais pu les toucher du bout des doigts et bouleverser l'ordre cosmique. Mais il faisait si froid la nuit dans le Sahara que je me contentais d'admirer la Voie lactée comme si je la découvrais pour la première fois, comme si je retrouvais la vue après des années de cécité. Mon père à mes côtés restait silencieux et fixait lui aussi, saucissonné dans son sac, la splendeur céleste, et je voyais du coin de l'œil son souffle former de la buée au-dessus de lui.

Didier m'avait offert ce voyage dans le désert algérien qui l'avait tant marqué lorsqu'il était jeune homme. Nous avions atterri à Alger, visité la Casbah en ruine, mangé des brochettes dans les décombres, pris l'avion jusqu'à Tamanrasset avant de remonter en Land Rover jusqu'à notre point de départ. Au sein d'un groupe de touristes guidé par un baroudeur digne du Paris-Dakar, nous avons traversé des océans de pierre, de roche et de sable, vu le soleil se lever sur cette incroyable désolation qui évoquait les premiers âges de l'humanité. Parfois, sur la route, nous apercevions des petits points mobiles à l'horizon : des enfants en haillons surgissaient de nulle part en courant dans notre direction. Les voitures s'arrêtaient et la consigne voulait que nous leur offrions des stylos-billes. Lorsque le soleil se couchait, nous campions auprès des jujubiers avec les branches desquels les soldats romains tressèrent la couronne d'épines, puis nous nous endormions à la belle étoile.

Je me souviens très bien de la date de notre retour : le 17 janvier 1991. L'opération *Tempête du désert* venait d'être lancée et le journal titrait « La guerre » sur fond d'explosion nocturne. Le monde devint plus petit, plus dangereux et jamais nous ne revîmes ensemble l'infinité.

32

Bip…

Bip… Bip… Bip… C'est au son lointain d'un électrocardiogramme que je me réveillais dans un halo de lumière. L'espace était synthétique, d'une blancheur fulgurante, et je portais la main à mon visage afin de me protéger les yeux : elle était entourée de bandages et un tube, planté dans mon avant-bras, était relié à une poche de sang qui flottait dans les airs quelque part au-dessus de moi. Je tentai de soulever mon torse, mais je n'en avais pas la force. Étais-je déjà mort ou en partance pour l'au-delà ? Je fermais les paupières en regrettant de n'avoir pas songé à rédiger un testament : qui allait hériter de ma collection de vinyles ? À l'idée que mes albums d'Ash Ra Tempel finissent sur Leboncoin, je tentai à nouveau de m'arracher à ma couche. En vain. Puis, lorsque l'infirmière de *Vol au-dessus d'un nid de coucou* surgit brusquement dans mon champ de vision, j'en eus la conviction : j'étais bien en enfer. « Du calme, du calme, me dit la senior au strict chignon en me fixant de son regard de vipère, le docteur McConaughey ne va pas tarder. Il va tout vous expliquer. » Oh putain, j'étais coincé dans un film d'horreur ! Et sombrais à nouveau dans les limbes… filais à toute allure dans une *dead zone*… propulsé dans un obscur tunnel aux parois vivantes et gluantes… Oh mon Dieu, faites qu'il ne s'agisse pas d'intestins ! Que je ne termine pas mon existence dans une fosse septique ! Oh Seigneur, je vous en supplie, ne tirez pas la chasse ! Oui j'avais humilié des inconnus, oui j'avais trahi des amis, oui j'avais volé des disques à la FNAC des Halles. Mais je ne méritais pas un tel destin !!! Alléluia ! Je vis soudain une lueur, la fin du tunnel, la délivrance de toutes mes souffrances…

Des silhouettes se formaient en contre-jour et je devinais peu à peu celles familières d'une bande de lutins (encore eux !) qui m'attendaient dans la lumière. En cirés jaunes, ils jouaient au volley dans la cour de récréation d'une école et m'invitaient à me joindre à eux. Je pris place sur le terrain. C'était à moi de servir et l'un des joueurs me lança ce que je pris pour un ballon. J'attrapai le projectile à pleines mains. Il s'agissait d'une tête d'enfant décapitée : Adam Walsh me fixait de ses yeux exorbités. Je me réveillai en hurlant.

« Vous avez fait un vilain cauchemar ? » Dans sa blouse, le Dr McConaughey me faisait face au pied du lit. Derrière lui, un cameraman filmait la scène. Avec ses cheveux blancs et sa grande bouche, McConaughey avait des airs de James Coburn et paraissait plus sympathique qu'à la télé.

« Ne vous inquiétez pas, vous êtes en sécurité dans ma clinique. Vous avez subi un léger traumatisme crânien mais vous vous en êtes tirés sans trop de dommage. Vous avez seulement perdu un doigt dans l'explosion, l'auriculaire de la main droite. » Je regardai aussitôt ma main bandée. « Malgré leurs efforts, les pompiers ne l'ont pas retrouvé. Le moment venu, vous pourrez envisager l'usage d'une prothèse si vous ne vous habituez pas à ce léger handicap. Qui ne vous empêchera nullement de jouer au golf si vous êtes adepte de ce sport », dit-il en révélant dans un large sourire une dentition parfaite.

Je ne savais pas quoi faire de cette information. Jamais je n'avais envisagé une telle situation. Avais-je de l'affection pour mes doigts ? Avais-je un chouchou parmi mes dix compagnons de route ? Leur solidarité (et leur fidélité) allait-elle être mise à l'épreuve par la disparition de l'un des leurs ? Fallait-il organiser une mini-cérémonie pour dire adieu à mon auriculaire ? Mes interrogations furent vite balayées par l'image du corps de Jackie Kennedy percutant un pilier.

« Qu'est-il arrivé à Michelle ? demandai-je avec anxiété.

– Elle s'en est sortie, me dit McConaughey en perdant soudain de sa superbe. Elle est en vie dans une chambre à l'étage. Mais elle a eu moins de chance que vous : c'est une jambe qu'elle a perdue. Et son visage a été abîmé.

– Oh mon Dieu, la pauvre...

– Vous savez, Michelle a déjà survécu à de terribles épreuves. C'est une battante. Je pense qu'elle s'en sortira. Nous ferons tout ce qui est en notre pouvoir pour l'y aider.

– Miranda ?

– Disparue.

– Les deux Villageois ?

– Disparus.

– La vendeuse cubaine ?

– Dans un état critique.

– Je suis en quelque sorte un miraculé...

– Vous avez eu beaucoup de chance en effet.

– Que s'est-il passé ?

– Une série d'attaques terroristes. Cinq explosions simultanées lancées contre le Mall at Millenia. Des attentats-suicides visant les VUF.

– Qui a pu faire ça ?

– Le Front de libération des Millennials. Ils ont revendiqué leurs actes.

– Mais j'ai vu un vieillard sur un déambulateur…

– Un déguisement. Un masque de farces et attrapes. Une méthode simple et ingénieuse dont vous avez été l'un des témoins privilégiés. Vous allez recevoir la visite de la police à ce sujet. D'ici là reposez-vous, vous devez retrouver des forces. Votre portable est dans le tiroir de la table de nuit. Nous avons eu votre mère au téléphone. Nous l'avons rassurée, mais elle attend votre coup de fil. Je vous laisse, je repasserai un peu plus tard », dit McConaughey avant de filer avec l'assurance d'un grand fauve sur son territoire suivi par le cameraman l'œil rivé sur son appareil.

Oui j'allais bien, non je ne voulais pas être rapatrié, non je ne voulais pas qu'elle rapplique, oui l'auriculaire était purement décoratif et ne servait au final – à part pour se gratter le pavillon de l'oreille – qu'à peu de choses : le coup de fil à ma mère fut évasif et expéditif. J'avais allumé la télévision suspendue au plafond et je n'arrivais pas à me concentrer sur notre conversation. Sur l'écran plasma, je voyais les décombres du centre commercial : des pompiers au visage poussiéreux fouillaient, aidés par des bergers allemands, des montagnes de gravats enfumés à la recherche de cadavres de seniors prisonniers d'un chaos de fer et de béton qui ressemblait à une sculpture réalisée par un enfant martyr lors d'une psychothérapie. « Bisous maman, oui je te donne rapidement de mes nouvelles, oui je reviens vite, oui je surveille mon cholestérol, non je n'oublie pas de manger des fruits et légumes. » Je raccrochai au moment où les visages des terroristes s'affichaient à l'écran : trois hommes et deux femmes. Deux Blancs, un Asiatique, une Noire, une Hispanique. Ils avaient entre vingt et vingt-cinq ans. Selon les informations divulguées par les autorités, le groupe avait franchi la frontière la veille des attentats et aurait bénéficié d'un réseau mis en place par Free Millennials. Le FLM (Front de libération des Millennials) s'imposait ainsi en bras armé du mouvement jeuniste et l'ombre d'AOC planait sur « la plus grande tragédie de l'histoire des Villages-Unis », comme le déclarait solennellement le gouverneur Schwartz en tenue militaire devant l'entrée incendiée du mall. « Nous sommes face à notre 11-Septembre. À tous ceux et à toutes celles qui veulent anéantir ce que nous avons bâti, je proclame : on ne détruit pas un rêve avec des bombes, on ne détruit pas les Villages avec des kamikazes. Nous sommes désormais en guerre et nous savons qui vous êtes, dit-il en pointant la caméra du doigt. Nous vous exterminerons jusqu'au dernier et nous vaincrons, car telle est la volonté des Villages-Unis de Floride. Ainsi soit-il. »

La lumière du téléviseur berçait de ses intermittences la semi-obscurité dans laquelle était plongée la chambre d'hôpital. À travers la fenêtre, je regardais un palmier frissonner dans les ombres du crépuscule. Les tragédies télévisées avaient cette faculté de voiler la réalité d'une aura funeste tout en mettant notre compassion et notre colère en éveil avant que le fil de l'actualité (l'arrivée d'un ouragan, l'inauguration d'un spa dans une station orbitale, la naissance d'un bébé panda cloné au zoo de Jacksonville) et l'annonce d'événements ritualisés (les soldes, les Oscars, la nouvelle saison de *Fortnite*) ne nous ramènent à notre indifférence première envers le destin d'une humanité non médiatisée. Le journaliste du *Flash Celebrity* se demandait ainsi si Anya Taylor-Joy avait des chances de décrocher la statuette de la meilleure actrice pour le rôle de Thelma dans le remake de *Thelma et Louise.* Sa partenaire, Dakota Johnson, partait en effet favorite dans le rôle de Louise. La compétition, qui s'annonçait « féroce » cette année, allait-elle briser « la belle amitié » née entre les deux actrices durant le tournage ?

Je m'endormis en rêvant d'accidents de voiture.

33

Le sourire de la momie

L'interrogatoire de la police fut une laborieuse formalité. Le shérif Anderson avait dépêché son adjoint et le morse à lunettes qui m'avait accueilli lors de ma première visite au commissariat se contenta de recueillir ma déposition sans jamais creuser les pistes qui s'offraient à lui. J'aurai très bien pu bricoler une ceinture d'explosifs sous ses yeux sans qu'il modifie la routine de sa procédure. Je m'interrogeais sur le bien-fondé de cette méthode (qui devait quand même aboutir à la capture d'un nouveau Ben Laden) lorsque je vis le visage de Selena Perez apparaître dans l'entrebâillement de la porte. « Vous pouvez rentrer, nous avons terminé », dit à son adresse le morse visiblement soulagé de bâcler sa corvée (et probablement sa journée). Je n'avais plus qu'à signer le document qu'il me tendait. Ce que je fis avec empressement en griffonnant un gribouillis de la main gauche.

Selena avait le visage triste des mauvais jours et ses beaux yeux noirs étaient encore rougis par les pleurs. Elle m'avait apporté du poulet à la mangue dans un tupperware et s'assit afin de prendre de mes nouvelles. Je la rassurai en lui disant que j'allais bientôt sortir de la clinique.

« Alejandro ne pourra pas vous ramener chez votre papa, me dit-elle les larmes aux yeux.

– Qu'est-ce qui lui est arrivé, Selena ? demandai-je en lui tendant une boîte de kleenex.

– Il a été arrêté par la police.

– Pour quelle raison ?

– Parce qu'il vous attendait à la sortie du mall le jour de l'attentat. Le shérif Anderson le soupçonne d'être de mèche avec les terroristes.

– C'est absurde ! Il ne leur a pas dit qu'il était là à cause de moi ?

– Il ne peut pas. Il a fait vœu de silence.

– Il est complètement fou. Il faut trouver une solution sinon il risque de croupir en prison avec cette bande d'abrutis. Vous avez pu lui parler ?

– Je dois le voir demain au parloir.

– Essayez de le raisonner. Est-ce que vous avez un avocat ?

– Non, nous n'avons pas les moyens de nous en payer un.

– Écoutez, Selena, vous avez toujours le double des clés de chez Didier ? Oui ? Eh bien sous l'évier il y a un carton dans lequel il y a une grosse liasse d'argent qui appartenait à mon père. Elle est à vous, engagez au plus vite quelqu'un pour qu'il fasse sortir Alejandro, j'ai besoin d'un chauffeur, bordel ! »

Selena sourit à travers ses larmes et me dit : « Je ne peux pas accepter.

– Si, vous le pouvez, car c'est ce qu'aurait voulu Didier.

– Que Dieu vous bénisse », me remercia Selena avant de me prendre dans ses bras.

La chaleur de son étreinte enflamma mon cœur de bon Samaritain et une auréole scintillait toujours au-dessus de ma tête lorsque après son départ je m'aventurai en chaise roulante dans les artères de la clinique, le tupperware sur les genoux, à la recherche d'un micro-ondes.

La nuit était tombée et les néons éclairaient de toute leur crudité les couloirs d'un bâtiment plongé dans un calme oppressant. Seul le sourd bourdonnement des machines maintenant en vie certains malades tapissait un espace voué à la léthargie opiacée, au sommeil paradoxal et au coma artificiel. Vol au-dessus d'un nid de coucou, absorbée par la lecture d'un livre (*Mein Kampf* ? *Le Jardin des supplices* ? *La Colonie pénitentiaire* ?), était de garde dans la loge vitrée des infirmières et je baissai la tête pour qu'elle ne me surprenne pas. J'avançais avec prudence du bout des bras quand au détour d'un couloir je surpris McConaughey en tenue de ville sur le seuil d'une chambre. Pas de cameraman à l'horizon, le docteur chuchotait : « Tout va bien se passer mon bébé, prends ton somnifère et fais un gros dodo. Je t'aime ma chérie. Bonne nuit. » Puis il fila vers la sortie. J'attendis cinq minutes avant de pousser du pied la porte de la chambre.

La pièce était plongée dans une obscurité totale. Vitrifié dans le noir, je n'osais respirer et une sueur froide coula le long de mon échine lorsque j'entendis une voix surgir du néant : « Tu es venu voir le monstre ? », à l'instant même où une lampe de chevet éclaira frontalement la scène. Je vis alors deux yeux qui me fixaient au milieu de pansements. La tête de Michelle était entièrement recouverte de bandages à la manière d'une momie égyptienne. Des orifices avaient été pratiqués pour ses yeux, ses narines et sa bouche. « Je n'ai plus qu'à envoyer mon CV dans un cirque, n'est-ce pas ? À moins qu'on monte une comédie musicale sur Sarah Bernhardt ? Il paraît que la tragédienne a toujours refusé de porter une jambe de bois après son amputation, qu'elle préférait jouer assise… Une carrière s'ouvre à moi !

– Je suis désolé pour ce qui t'est arrivé, Michelle.

– Pff, ne t'inquiète pas. La médecine fait des miracles et notre cher Dr McConaughey m'a déjà proposé un éventail de prothèses toutes plus sexy les unes que les autres. Très bientôt, j'en suis sûre, nous pourrons à nouveau nous trémousser sur la piste du Flamingo et faire les foufous mon chaton. Tu as déjà couché avec une unijambiste ? Non ? Il paraît que c'est une expérience unique. Mon petit doigt m'a dit que tu as toi-même perdu un membre. Moignon contre moignon. Waouh j'en ai déjà des frissons ! »

Le silence retomba dans la chambre d'hôpital tel le couperet d'une guillotine, puis les sanglots étouffés de Michelle envahirent la chambre. Je m'approchai d'elle pour lui donner la main, qu'elle serra de toutes ses forces.

« Tu veux manger du poulet à la mangue ? Selena m'en a apporté... lui proposai-je en lui montrant le tupperware.

– La femme de ménage de Didier ? Il paraît que c'est une fameuse cuisinière, répondit Michelle en ravalant ses larmes. Tu es gentil mais je crois que jusqu'à nouvel ordre je ne suis autorisée à manger que de la soupe avec une paille. McConaughey m'a ravalé la façade et je ne voudrais pas abîmer son bel ouvrage. Un chef-d'œuvre, à ce qu'il prétend », dit-elle en esquissant un terrible sourire derrière ses bandelettes.

La porte s'ouvrit brutalement et je vis Vol au-dessus d'un nid de coucou entrer avec une bassine urinaire à la main.

« Qu'est-ce que vous faites là ? jappa l'infirmière en chef.

– Je… je cherchais un micro-ondes.

– Il fallait me sonner. Veuillez immédiatement regagner votre chambre. »

Je fis un signe à Michelle avant de filer, roulai à toute allure dans les couloirs, me précipitai dans ma chambre pour me jeter au lit. Sous les draps, je ne craignais plus rien. Mais je dus me faire une raison ce soir-là : j'allais manger du poulet froid.

Les jours suivants se déroulèrent dans la vision hallucinée de la télé. Sur VNN la riposte des Villageois s'organisait : en tenue militaire, les milices de seniors paradaient au cœur des Villages, les armureries étaient dévalisées et les pavillons transformés en bunkers. Armée d'un fusil-mitrailleur, une retraitée en bigoudis et treillis déclarait qu'elle était « déterminée à exterminer ces saloperies de jeunes comme des rats » sur le perron de son pavillon Pale Pink dont les fenêtres avaient été obstruées par des plaques de fer percées de meurtrières. Des murs de sacs de ciment s'érigeaient sur la pelouse, des rouleaux de barbelés encerclaient la piscine : ça allait barder. Les VUF avaient ouvert les vannes à la vendetta : des groupes armés franchissaient désormais la frontière la nuit dans le but de ramener « du gibier » de leurs « expéditions punitives », comme le déclarait anonymement un vieux cagoulé au volant d'un quad camouflage. Le seul lien qui me reliait encore à une réalité tangible était les textos que je recevais d'Angélique. « Yo BB tu rentres bientôt ? Pas fait la vaisselle depuis que t'es parti. C'est chaud ! »

34

La colère de Dieu

Au matin, lorsque je sortis enfin de la clinique pour prendre un taxi, le soleil illuminait de tous ses feux une scène de liesse et de rage sur la place du village. Des boomers klaxonnaient au volant de leur voiturette, agitaient des drapeaux des VUF, brandissaient des clubs de golf, tiraient au fusil-mitrailleur dans le ciel, brûlaient des portraits d'AOC devant les caméras de VNN. Le peuple des seniors appelait à une guerre sans merci contre les millennials, attisé par la grande prêtresse en toge écarlate, longs cheveux blancs lâchés dans les bourrasques.

Dressée sur un Hummer camouflage, entourée d'une garde de Villageois Vigilants en armes, la vieille sorcière prêchait face à la foule, les bras en croix : « Dieu appela Abraham et lui dit :

“Prends ton fils, ton unique, celui que tu chéris, Isaac, et offre-le en holocauste sur une montagne que je t’indiquerai.” Alors Abraham sella son âne et prit avec lui son fils Isaac, fendit le bois de l’holocauste et se mit en route pour l’endroit que Dieu lui avait dit. Au troisième jour, Abraham vit l’endroit, chargea son fils du bois et du feu. Le fils demanda à son père : “Voici le feu et le bois, mais où est l’agneau pour l’holocauste ?” Abraham répondit alors à Isaac : “C’est Dieu qui pourvoira à l’agneau pour l’holocauste.” Lorsqu’ils arrivèrent sur le lieu désigné par Dieu, Abraham y éleva l’autel et disposa le bois, puis il lia son fils Isaac et le mit sur l’autel par-dessus le bois. Abraham étendit la main et saisit le couteau pour immoler son fils. Mais l’ange de Yahvé l’appela du ciel et dit : “N’étends pas la main contre l’enfant ! Ne lui fais aucun mal ! Je sais maintenant que tu crains Dieu.” »

La prêtresse fit silence devant l’assistance avant de reprendre son imprécation : « Mais les Villages, eux, ne craignent pas la colère de Dieu. Et nous savons tous pourquoi nous ne la craignons pas : car nous sommes la colère de Dieu ! hurla-t-elle les yeux exorbités, dans une communion de cris furieux. Et pour le prouver à nos ennemis, à ceux qui ont allumé le feu, nous leur offrons… un martyr », dit-elle en désignant d’une main tendue deux hommes cagoulés en veste militaire et treillis qui traînaient par les cheveux un jeune homme roux ligoté et bâillonné jusqu'à un bûcher dressé face à la statue de Harold Schwartz. Le garçon en caleçon saignait abondamment de la tête, son visage et son corps étaient recouverts de plaies et d'ecchymoses. Ses deux bourreaux l'attachèrent contre le pilier au milieu des fagots de bois, l'aspergèrent d'essence, puis la grande prêtresse s'approcha de sa proie, tira un couteau de chasse d'une manche de sa toge et lui trancha la gorge d'un geste sec en libérant des flots de sang. « Ainsi soit-il : la vengeance est à nous ! » cria-t-elle sous les hurlements de joie des Villageois tandis qu'un homme cagoulé allumait le bûcher devant les caméras. Les flammes grimpèrent aussitôt jusqu'au ciel en dévorant le corps du supplicié dans une ignoble odeur de méchoui. Je pris mes jambes à mon cou pour échapper à cette abomination. Sur le parking de l'église, je sautai dans une voiturette abandonnée par un fanatique. Les clés étaient sur le contact. Je démarrai fissa et zigzaguai pour éviter les autochtones qui, ivres de haine, se précipitaient portable à la main pour capturer l'immolation en *slow motion*.

En état de choc, j'arrivai chez Didier, abandonnai la voiturette en travers de la pelouse, m'enfermai à double tour et me précipitai dans la cuisine pour attraper une bouteille de tequila que j'attaquai au goulot afin de calmer la panique qui s'était emparée de moi. Un attentat et un lynchage la même semaine, ça faisait beaucoup pour un petit homme qui n'avait pas supporté de voir le cadavre de sa grand-mère, son visage aspiré par la mort grimée en clown, exposée dans son cercueil. Je m'assis sur le canapé avec la bouteille en priant Dieu d'effacer de ma mémoire l'image du couteau, du sang et des flammes, d'oublier la puanteur de la chair brûlée et la furie dans les yeux des Villageois.

Mon père n'était pas un enfant de la guerre, mais de la Libération. Je me souvins alors de nos périples en voiture pour visiter les chantiers dont il avait la responsabilité. Sur les sinueuses routes de Corse, il me raconta les atrocités commises lors de l'épuration, les femmes tondues, barbouillées de croix gammées, mises en cage pour avoir couché « avec des boches », les collabos massacrés par la populace, leurs corps exposés en place publique. On avait publié des recueils de photos de ces exactions qu'on montrait aux enfants pour leur apprendre (l'histoire ? la vie ? la justice ?) et qui devaient leur faire le même effet que le dictionnaire médical (consulté en secret) ou les photos porno (cachées par pépé) sur lesquelles ils tombaient en farfouillant dans le grenier. Au volant de sa R5, mon père m'avait également parlé de ce qui s'était passé à Auschwitz, du sort qui attendait les Juifs après la « sélection » des nazis, des expérimentations du Dr Mengele, des chambres à gaz et des fours crématoires. Lorsque je vis pour la première fois les images de la libération des camps, lorsque je vis les squelettes des survivants en lambeaux accrochés aux barbelés, lorsque je vis les monceaux de cadavres poussés par des pelleteuses dans des fosses communes, le monde changea brutalement de nature : nous vivions après ça, la fin du monde avait déjà eu lieu.

L'alcool noya mes pensées dans un gloubiboulga cauchemardesque : mon père faisait une ronde avec les lutins autour d'un feu de joie au centre duquel cramait Alexandria Ocasio-Cortez comme une moderne Jeanne d'Arc ; Michelle s'offrait à moi dans son lit d'hôpital, enserrait mon bassin de son moignon, léchait mon doigt coupé, et le Dr McConaughey, un masque de gorille sur la tête, dirigeait nos ébats (« *Harder! Harder!* ») tandis que son cameraman filmait la scène ; du haut d'un Hummer, la grande prêtresse soulevait sa tunique en révélant une grossesse impressionnante, le ventre gonflait à vue d'œil, devenait monstrueux, quelque chose cherchait à s'échapper de cette prison de chair, la peau tendue à l'extrême se fissura tout à coup dans d'ignobles gargouillis et libéra un agneau sanguinolent qui me sauta dans les bras.

J'étais l'Enfant Jésus.

J'étais le fils de Dieu.

Je me réveillai en sursaut avec une terrible nausée et me précipitai aux toilettes pour vomir avec l'élégance de Regan crachant des flots de bile au visage de *L'Exorciste*. En revenant, titubant dans le salon où le corps de mon père avait été découvert, j'étais anéanti. Je regardai à travers la fenêtre : le soleil avait déjà amorcé sa chute et bientôt le ciel ne serait plus qu'une immonde convulsion de couleurs criardes. Au loin, on entendait une clameur, des détonations. J'eus le pressentiment que ma vie était désormais en danger, que les Villageois allaient massacrer tous ceux qui leur étaient étrangers, que la nuit s'était abattue sur la Floride et qu'il fallait que j'aille au bout de ce cauchemar. Ce que je cherchais était planqué dans une clé USB.

35

K4F

La vidéo commençait par un générique semblable à ceux des sitcoms pour adolescents de la fin des années quatre-vingt. Sur une musique rock et synthétique, des images trépidantes d'enfants s'amusant dans une cour de récréation tournoyaient : ils jouaient à chat, à l'élastique, grimpaient à l'araignée, dévalaient un toboggan en riant, marquaient des paniers de basket, des buts dans des cages, s'élançaient dans les airs sur des balançoires, tournaient à toute allure sur des manèges tandis que la voix d'un chanteur beuglait : « *Today is a beautiful day, / Today we're gonna have a lot of fun, / Kiiiiids for funnnnnnn!* » Une sonnerie retentissait alors, figeant une petite fille qui sautait à la corde en arrêt sur image, puis le titre *K4F* venait frapper l'écran en surimpression de ses lettres rouge sang.

Nous sommes maintenant dans une salle de classe, les enfants sont derrière leurs pupitres et la maîtresse écrit à la craie sur le tableau noir : « *The United Villages of Florida* ». Lorsqu'elle a terminé, elle se retourne pour reprendre sa place derrière son large bureau et je reconnais immédiatement Michelle coiffée d'un chignon châtain, des lunettes à monture d'acier sur le nez. Elle est habillée d'un chemisier crème sur une stricte jupe grise et déclare à ses élèves : « Aujourd'hui nous allons vérifier si vous avez bien appris votre leçon sur l'histoire de notre pays. Savez-vous comment s'appelle son fondateur ? »

Une forêt de petits bras se lève face à elle.

« Oui Milly ? dit Michelle en désignant une blondinette à couettes.

– Harold Schwartz, répond l'enfant en souriant.

– C'est très bien Milly. Et savez-vous où Harold Schwartz a fondé le premier Village ? »

Quelques bras s'élèvent timidement.

« Oui Jason ?

– Dans la banlieue d'Orlando, répond un garçonnet brun à taches de rousseur à qui il manque les dents de devant.

– Oui Jason, c'est bien. Et connais-tu le nom de ce Village ? »

L'enfant se fige sur sa chaise.

« Tu ne le sais pas Jason ? »

Jason reste muet.

« Tu n'as pas appris ta leçon ? »

Jason a les larmes aux yeux.

« C'est très mal Jason. Tu sais que je vais devoir te punir si tu ne me donnes pas la bonne réponse. »

Le silence qui s'est abattu sur la classe est terrifiant, la peur se lit sur le visage des enfants. Jason se met à pleurer. Puis on entend le bruit d'un liquide qui s'écoule sur le linoléum : Jason a fait pipi sur lui.

« Tu es dégoûtant Jason, dit Michelle en se pinçant le nez. Tu n'es qu'un gros bébé pleurnicheur. Et tu sais ce qu'on fait aux mauviettes dans cette école ? On les confie à nos éducateurs. »

Michelle appuie sur une sonnette. On entend des bruits de bottes et bientôt deux hommes cagoulés en tenue militaire surgissent sur le pas de la porte.

« Occupez-vous de ce garçon, dit Michelle en pointant Jason du doigt, il a besoin d'une bonne correction. »

Les deux hommes s'emparent aussitôt de Jason qui se met à hurler. La caméra les suit dans le couloir. Traîné au sol, l'enfant rue dans tous les sens, tente en vain d'échapper à ses agresseurs.

Cut. Nous sommes maintenant dans un dortoir avec des petits lits alignés. Les hommes cagoulés déshabillent Jason qui tremble de tous ses membres, le bâillonnent avec du gaffer avant de l'attacher nu sur un matelas avec des cordes. L'un des hommes ouvre une boîte à outils pour en sortir une perceuse, la tend à son acolyte qui a des gants de chirurgien. L'homme met la perceuse en marche. La caméra zoome sur la mèche qui tourne à toute vitesse. Puis le bourreau s'approche de sa victime. La caméra isole les yeux terrifiés de Jason avant de panoter sur son ventre. La mèche touche l'abdomen. L'enfant hurle à travers son bâillon.

J'arrêtai la vidéo à ce moment-là. Il était impossible d'aller plus loin. Il était inutile de regarder d'autres épisodes de *Kids For Fun*. J'avais vu la mort en marche, j'avais vu l'horreur en face et il fallait maintenant que je sache si elle avait le visage de mon père, si j'étais le fils d'un saint ou celui d'un assassin.

36

Roue libre

Nous étions parvenus en haut de la montagne pour admirer la chaîne des Alpes à l'horizon et désormais il fallait redescendre. Mon père m'annonça que nous allions couper le moteur de la 2CV, nous mettre au point mort pour voir jusqu'où nous pourrions aller et tenter ainsi de rentrer « en roue libre ». L'exercice était périlleux car il mettait les freins de la voiture à rude épreuve et nous pouvions très bien être arrêtés dans notre élan par un autre véhicule ou une vache égarée. Mais avec un copilote comme moi ça valait le coup d'essayer. Nous poussâmes la 2CV dans la pente, grimpâmes en marche et attachâmes nos ceintures. La voiture prit rapidement de la vitesse au milieu des forêts, le soleil brillait à travers les sapins et nous avions fermé les fenêtres pour ne pas ralentir notre course.

Le moteur éteint, l'habitacle était bizarrement silencieux, on entendait juste le gravier crisser sous les pneus. Mon père était concentré sur la route, la conduite, les virages à négocier. La voiture filait à vive allure et il réussit avec dextérité à doubler un tracteur qui apparut soudain devant nous. Nous poursuivions notre route, dépassâmes la piste de ski abandonnée, la porcherie que l'on sentait à des kilomètres, puis l'on vit les premières habitations du village. La pente était moins favorable et la 2CV perdait de la vitesse. Didier me dit qu'il fallait lui filer un petit coup de main : nous défîmes nos ceintures et de concert avançâmes brusquement nos bustes vers le pare-brise dans un mouvement de balancier. Il ne nous restait plus que quelques mètres à franchir et grâce à son stratagème nous réussîmes : la voiture s'arrêta devant notre maison.

37

Les cris de Marilyn Burns

Revenir dans la clinique du Dr McConaughey en pleine nuit me fit l'effet d'être le jouet d'un conte maléfique : les petits cailloux blancs semés dans la forêt m'avaient ramené chez mon père (qui m'avait quand même abandonné *seul* au milieu des bois) avant de me jeter, tête la première, dans la gueule du loup, dans les bras de la sorcière.

Sous la lumière des réverbères, la place du Village avait retrouvé une inquiétante sérénité lorsque je garai la voiturette de Didier. Nulle trace de barbecue dans les environs : comment imaginer que quelques heures plus tôt on immolait là un être humain ? Les images du lynchage avaient dû tourner en boucle sur les réseaux sociaux et sur les chaînes d'info en provoquant des torrents de haine. Dans le sillage de la Floride, fer de lance de la *silver revolution*, tous les pays occidentaux, à la suite de la prodigieuse prolifération sur leurs territoires de communautés fermées réservées aux personnes âgées, avaient vu les tensions s'exacerber entre boomers et millennials. En France, le Var et la Côte d'Azur étaient ainsi devenus des fiefs et des sanctuaires pour les seniors tandis que la « Gen Y » s'était réfugiée à Marseille, place forte d'une contre-révolution aux accents internationalistes. Face à la mer Méditerranée, et sous le haut patronage de Notre-Dame de la Garde, la convergence entre l'esprit des cités des quartiers nord (système D, nihilisme, matérialisme, trafics et réseaux parallèles) et celui de Free Millennials qui régnait sur la plaine (jeunisme, anticapitalisme et écoterrorisme) scellait la rencontre explosive de nitro et de glycérine dans un champ d'allumettes. L'étincelle serait probablement provoquée par un rapprochement, jugé inévitable par les observateurs des ONG, avec le commando ultra des supporters de l'OM.

En attendant que des hordes de jeunes Marseillais déferlent sur la Croisette, dévastent les villas cossues de Saint-Tropez et incendient l'arrière-pays niçois, je pénétrai comme un chat de gouttière dans la clinique endormie. Le gardien mexicain ronflait à l'accueil et je pris l'escalier de service jusqu'au dernier étage. Dans sa cage de verre, Vol au-dessus d'un nid de coucou regardait *Massacre à la tronçonneuse* sur l'écran d'un ordinateur et les hurlements de la *screaming queen* Marilyn Burns résonnaient dans les couloirs tandis que je me faufilais dans la chambre de Michelle. La porte se referma doucement derrière moi. Dans l'obscurité, je m'approchais à tâtons du lit lorsque je perçus les yeux de la momie qui me fixaient derrière les bandages. Une voix de fantôme surgit des ténèbres :

« Je savais que tu reviendrais.

– Tu sais pourquoi je suis là ?

– Je crois le deviner.

– Comment as-tu pu faire ça ?

– J'ai toujours voulu jouer la comédie.

– Qui sont ces enfants ?

– Des orphelins.

– D'où viennent-ils ?

– Ils ont été kidnappés de l'autre côté de la frontière.

– Par qui ?

– Par Ike et ses hommes.

– Pourquoi avez-vous réalisé ces films ?

– Parce que les Villageois ont besoin de sensations fortes

– Pourquoi ?

– Pour se sentir vivants. Les Villages ont fait disparaître les enfants de leur horizon. En balayant la jeunesse du paysage, la peur de la mort, la peur d'être remplacé, de devoir laisser sa place s'est évanouie des esprits... Mais l'ennui, l'angoisse et les dépressions ont ressurgi du vide créé par cette occultation comme McConaughey l'a constaté lors de ses consultations. Il s'est confié à moi : pour lui, les Villages étaient condamnés à terme s'ils persévéraient dans cette voie. Nous avons réfléchi et l'idée a jailli comme une évidence : pour sauver les Villageois de l'abîme dans lequel ils sombraient peu à peu, il fallait donner corps à l'idée même de disparition, créer des fantasmes de chair et de sang, réaliser des fictions s'inspirant de faits divers historiques, authentiques et tragiques, libérer les inconscients en mettant en scène de vraies exécutions d'enfants et de millennials, offrir aux Villages un spectacle qui comble le vide, des divertissements susceptibles de guérir les névroses qui rongeaient ses habitants.

– C'est totalement délirant...

– Si tu veux, mais c'était à nos yeux la seule solution pour sauver notre utopie.

– Est-ce que mon père était impliqué dans ces films ?

– Indirectement.

– Je ne comprends pas. Explique-toi...

– Lorsque j'ai rencontré Didier, j'ai reconnu un homme blessé. Il y avait quelque chose d'infiniment triste dans ses beaux yeux gris-vert, dans le regard qu'il posait sur les choses, dans la douceur lasse de ses gestes, quelque chose qui ne s'explique pas, ni avec des mots, ni avec des phrases, ni avec des romans. Quelque chose qui ne se résout ni sur un divan ni sur un ring de boxe, quelque chose d'irrémédiable, irréversible, insoluble, quelque chose qui nous ramène aux origines. Le mutisme de ton père me rendait dingue parfois, mais il était je crois l'expression profonde de ce qu'il était, de ce qu'il croyait, de ce qu'il voyait. La tristesse était le fondement de son existence, c'est pour cela que pendant de brefs instants, d'une intensité si précieuse, nous avons été amoureux…

– Tu ne réponds pas à ma question.

– Oui tu as raison. Nous cherchions quelqu'un pour faire le sale boulot, pour fouiller dans les poubelles de notre passé, et j'ai choisi Didier parce que j'ai vu qu'il était perdu, parce que j'ai compris qu'il ne trouverait jamais ce qu'il cherchait dans les Villages : l'apaisement, l'oubli, une certaine idée de la joie. Je lui ai alors raconté une fable : le gouvernement des VUF, pour lequel je travaillais de manière officieuse, voulait établir un livre noir des crimes de la région, cherchait quelqu'un afin de dresser un inventaire, le plus précis possible, des faits divers s'étant déroulés en Floride avant la *silver revolution.*

Didier s'ennuyait ferme et je l'ai facilement convaincu d'accepter cette mission dont le but était de répertorier ce qu'il fallait éliminer de l'histoire que les Villages étaient en train d'écrire d'eux-mêmes, du mythe que nous bâtissions. Un travail de révisionnisme en somme, qui visait à effacer la vérité du territoire et des mémoires pour consolider celle, factice, sur laquelle les Villages s'étaient constitués : celle d'un bonheur sans limites, d'un paradis sans péché, d'un État sans criminalité, d'un pays sans morts et sans cimetières. La Floride se devait d'avoir été un jardin d'Éden, et non un charnier, avant d'être élue par les pionniers. Ce que Didier ne savait pas, ce que nous lui avons caché car il ne l'aurait jamais accepté – ton père était trop honnête, trop bon –, c'est que ses recherches, qu'il a effectuées avec une dévotion maniaque qui frisait parfois la démence, servaient en secret à écrire de nouveaux scénarios, à créer de nouvelles fictions capables d'endiguer les vagues mélancoliques qui submergeaient les Villages et menaçaient à terme l'équilibre de notre nation en réveillant les instincts meurtriers des Villageois, leur goût pour la violence. C'est pour cela que nous avons programmé des remakes et réalisé ces films, mais Didier n'en connaissait pas l'existence. »

« Comment les a-t-il découverts ?

– Je les lui ai envoyés. Anonymement.

– Pourquoi as-tu fait ça ?
– Je voulais que les cris des enfants cessent.
– Quelle a été sa réaction ?
– Je ne sais pas. Nous ne nous voyions plus à l'époque.
– Il n'a pas cherché à te contacter ?
– Non.
– La découverte de ces films a-t-elle un rapport avec sa mort ?
– Probablement.
– Où est-ce que vous tourniez ?
– Dans une fausse école construite derrière un bunker du golf Harold Schwartz. C'est là qu'on gardait les enfants.
– Est-ce qu'il y en a qui sont encore en vie ?
– Non, ils ont tous été exécutés.
– Qu'avez-vous fait des corps ?
– Ils ont été incinérés, leurs cendres dispersées sur le green. »

La voix spectrale de Michelle était devenue un murmure.

« Je te le demande à nouveau : est-ce que tu as eu des enfants ?
– Oui.
– Comment sont-ils morts ?
– Dans un incendie, j'avais trop bu.
– Pourquoi ne t'es-tu pas suicidée après ça ?
– Parce que j'étais déjà morte. »

Il y eut un moment de flottement, puis dans un ralenti progressif je vis ses yeux se refermer dans la pénombre.

« Avec Didier nous avons voyagé à travers les Keys, chuchota la voix. L'autoroute filait au-dessus de l'océan et l'on avait l'impression de voler sur l'eau, d'île en île, au milieu des nuées d'oiseaux, des battements de leurs ailes, de ces milliers de couleurs qui scintillaient autour de la décapotable. Lorsque nous sommes arrivés à Key West, c'était comme si l'on était parvenus au bout du monde. Un immense soleil vermillon embrasait l'horizon, les flots, l'univers, et l'on s'est jetés à la mer...

– J'ai une dernière question à te poser avant de partir.

– Je t'écoute.

– Est-ce que tu savais qui j'étais lorsqu'on s'est rencontrés ?

– Je savais qui tu étais.

– Adieu Michelle.

– Adieu. »

Je refermai la porte derrière moi et franchis le couloir au son des cris de Marilyn Burns mêlés aux bruits furieux d'une tronçonneuse. En descendant l'escalier, je compris que c'était mon père qui avait semé les petits cailloux blancs dans la forêt. Je savais désormais où ils me menaient.

38

Over the Rainbow

Le soleil s'était timidement levé sur la cour de récré. Au-dessus du portique, le ciel était chargé et je regardais les crochets de la balançoire volatilisée. Elle devait se trouver quelque part, jetée dans un placard, derrière une porte, dans un recoin. Il fallait que je mette la main dessus, que je touche la corde au bout de laquelle le corps de mon père avait basculé dans le vide, que j'embrasse l'instrument de sa mort, que je la serre contre mon cœur.

Je pénétrai à nouveau dans l'école fantôme, le silence planait sur ce décor de sitcom, sur ce plateau qui servait d'abattoir aux bouchers de *Kids For Fun*. Au-dehors, on entendait juste les oiseaux chanter dans les arbres au-dessus du green, leur babil était-il le récit de l'hécatombe ?

de ce cimetière à ciel ouvert ? J'arpentai les couloirs à la recherche d'un signe, d'un indice, d'une preuve. À la lumière de ce que j'avais vu, une banale poignée de porte projetait désormais quelque chose de fatal, quelque chose d'impitoyable. J'étais dans la tanière de l'ogre, j'entrais dans le dortoir qui lui servait de garde-manger, je parcourais les rangées de lits d'enfants alignés, je regardais les couettes à motifs comme autant de linceuls.

Lorsque je vis mon reflet dans le miroir face à la porte d'entrée, je ralentis et m'approchai de l'image. J'observai mon visage : mes cheveux avaient grisé, ma barbe avait poussé, mes traits s'étaient creusés. Je ressemblais à un adolescent qui a vieilli d'un seul coup, prématurément, telles ces personnes qui se réveillent avec les cheveux blancs après avoir subi un choc ou ces astronautes qui perdent vingt ans de leur vie en traversant un trou noir. Je vis alors ma figure se dédoubler, mes traits se superposer avec ceux, troublés, obscurs, d'un autre ; de quelqu'un qui me ressemblait peut-être mais qui n'était pas moi. Mon père me regardait-il depuis l'au-delà ? Je m'approchai au plus près du miroir et compris que je n'étais pas seul. Il y avait une présence de l'autre côté. Quelqu'un me surveillait. Quelqu'un voulait me faire du mal. J'étais face à une glace sans tain et j'y collais ma face entre mes mains, comme je le faisais enfant pour observer la cabine du conducteur de métro, pour tenter de voir ce qu'il y avait derrière : je discernais seulement des chaises vides et une lampe allumée posée au sol.

« Je crois que c'est ça que tu cherches. »

Je me retournai et vis Ike à l'entrée de la pièce. En chino et polo, il était encadré de deux hommes cagoulés en tenue militaire. Il tenait la balançoire entre ses mains.

« Nous avons quelques réparations à effectuer. Ton père a fait des dégâts la dernière fois qu'il est passé par là.

– C'est… ici… qu'il est… mort ? bredouillai-je.

– Oui, c'est avec cette corde qu'il s'est pendu, répondit Ike en tendant fermement l'écheveau de cordage qui ressemblait à la tête tranchée de la Méduse.

– Il… il… s'est pendu ? Vous ne l'avez pas exécuté ?

– Non, nous n'avons pas eu cette opportunité. Mais nous l'aurions volontiers aidé s'il n'en avait pas trouvé le courage.

– Pourquoi… pourquoi a-t-il fait ça ?

– Malgré l'amitié que j'ai pu avoir pour Didier, ton père était un faible, déclara Ike d'un ton professoral. Je m'en suis rapidement aperçu quand il s'est installé au Village Vert. J'ai très vite perçu une faille, décelé une fragilité. Au fur et à mesure des recherches qu'il a effectuées pour nous, la faille s'est agrandie jusqu'à devenir un gouffre. Lorsqu'il a compris que nous l'avions manipulé en découvrant nos films, notre organisation, notre école et son rôle dans notre programme, il n'a plus eu que quelques pas à franchir pour se jeter dans le vide. Le fruit dans l'arbre était pourri et nous avons juste attendu qu'il tombe. Didier pensait sans doute qu'un suicide dans un paradis comme les VUF allait poser des questions, provoquer une enquête, révéler un scandale. Il n'a fait que te précipiter dans un piège. »

Depuis combien de temps la réalité s'était-elle conformée aux canons des films d'horreur ? J'avais l'impression d'avoir été capturé dans une maison hantée, de jouer le rôle de la brebis égarée.

« Pourquoi n'a-t-il pas simplement envoyé les films à la presse étrangère ? demandai-je en tentant de me raccrocher au scénario, de me souvenir de mes répliques.

– Parce que, comme je viens de te le dire, mais tu ne m'écoutes pas, nous l'avions impliqué là-dedans. Parce qu'il ne voulait pas que tu saches.

– Que je sache quoi ?

– Que tu saches que toutes les histoires de lynchage, de meurtre et de carnage qu'il a déterrées – et qui l'ont plongé dans un certain marasme, pauvre Didier – ont servi à créer ceci : un espace de loisirs où les Villageois peuvent voir des enfants torturés sous leurs yeux, assister à la mort en direct.

– Il y avait des spectateurs derrière les miroirs ?

– Toujours. Nos chers VIP. Ceux qui ont souscrit un abonnement premium à *Kids For Fun*... dit Ike, un sourire malicieux aux lèvres. Une idée de Michelle et de McConaughey. Le résultat d'une "étude de marché" selon eux, basée sur des critères "psychologiques". Personnellement je me serais contenté de nos petites expéditions nocturnes dans les bayous pour égayer les soirées télé de nos citoyens.

– C'est vous qui avez découvert son corps ?

– Oui. Nous surveillions Didier. Nous avons assisté à son suicide. Nous avons patienté jusqu'à ce qu'il soit mort. Puis nous l'avons décroché.

– Et vous l'avez transporté jusque chez lui...

– Dans une benne à ordures.

– Avant de mettre en scène sa chute mortelle dans le salon...

– En lui fracassant le crâne contre la table basse. »

L'esprit méphitique qui flottait sous les palmiers s'était matérialisé et je regardais Ike tel qu'il était : un senior parmi tant d'autres, les cheveux blancs, la peau cuivrée, les iris délavés par les UV. La vérité qui s'imposait à moi, sans que j'aie fait grand-chose pour la révéler, était d'une effrayante banalité. L'ennui noyait l'humanité dans un océan de tristesse. Les Villageois avaient désormais besoin de leur dose d'ultra-violence pour ne pas sombrer, pour maintenir la tête hors de l'eau.

« Et que va-t-il se passer maintenant ? lui demandai-je ébranlé.

– Tu ne le sais pas ? Cela me semble pourtant évident. Tu me déçois un peu, je pensais que tu avais une certaine perspicacité, un petit talent de déduction... Ton "enquête", manigancée par Michelle, t'a mené jusqu'à moi. Mais ne t'inquiète pas, tu vas très vite comprendre, dit-il avant d'ordonner : N° 1, va chercher une chaise d'enfant dans la salle de classe et retrouve-nous dehors. »

Le premier soldat obéit aussitôt. Et comme dans un script écrit d'avance, N° 2 sortit au même instant un revolver de son fourreau pour le pointer dans ma direction.

« Accompagne-nous, m'intima Ike. Tu vas nous être utile. »

J'obéis en ouvrant la marche. Dehors, le ciel était d'un gris d'acier et la pluie se mit à tomber alors que nous approchions du portique. De retour, N° 1 posa la chaise en dessous tandis qu'Ike lui tendait l'amas de cordes et l'assise pour qu'il remette l'ensemble en place. La balançoire fixée, la pluie redoubla de violence.

« Tu n'as plus qu'à prendre place, nous devons vérifier si les cordes sont assez solides pour les prochains arrivants. Il ne faudrait pas que nos chers enfants se fassent bobo en se balançant. »

Je grimpai sur la chaise alors que le tonnerre grondait.

« Attache les cordes », commanda Ike.

N° 1 fit tourner la balançoire autour de mon cou.

« N° 2, filme. »

Le second soldat sortit immédiatement son téléphone et le braqua sur moi à travers le rideau de pluie.

« Les images sont des armes, la guerre est déclarée et nous avons désormais le droit de tuer tous les étrangers, dit Ike. Si tu croises Didier, passe-lui le bonjour de ma part. »

J'étais trempé par les flots.

J'étais paralysé par la peur.

Je fermai les yeux.

J'étais heureux.

J'allais retrouver mon père.

Un abîme de souvenirs submergea mon esprit à une vitesse prodigieuse : je vis ma grand-mère dans sa cuisine, j'entendis nos rires durant les parties de cadavre exquis, je vis l'hélicoptère Big

Jim offert par Didier à Noël, je vis ma mère décolorée en blond platine surgir dans ma chambre d'enfant, je vis la cassette vidéo d'*Assaut* glisser dans un magnétoscope, je vis les cinq marches du Trocadéro sautées en rollers, je sentis les lèvres de Claire se poser sur les miennes à la sortie du lycée, je vis la chevelure de Christina se balancer dans les couloirs de la Sorbonne, je vis Angélique danser sous les stroboscopes... Il y eut un coup de tonnerre, un éclair déchira le plomb céleste et je vis à travers les bourrasques de l'orage les lutins apparaître dans la cour de récréation et faire cercle autour de nous.

« Adieu Clovis », dit Ike en renversant la chaise d'un coup de pied.

Je sentis la terre chavirer, les cordages se serrer violemment et c'est à ce moment précis que des détonations, plus puissantes que celles du tonnerre, retentirent dans l'espace. La tête d'Ike explosa face à moi. Un flot de sang et de cervelle se répandit sur mon visage et lorsque je rouvris les yeux je perçus deux ombres achever les soldats, gisant sur la marelle, à grands coups de couteau de chasse. Puis les silhouettes se dressèrent et je reconnus Alejandro et le videur du Flamingo. Les Cubains tranchèrent au plus vite les cordes qui m'asphyxiaient. Je tombai à genoux, sous le déluge, à bout de souffle.

L'orage passa, les lutins se dissipèrent dans l'atmosphère et Alejandro me releva. Le videur du Flamingo retira les cagoules des deux militaires : je reconnus le visage de N° 1, j'avais vu sa photo anthropométrique au commissariat, sur l'affiche des dix fugitifs les plus recherchés par le FBI. L'écorcheur du New Jersey venait d'achever sa sinistre carrière. N° 2 était un parfait inconnu.

Le soleil dispersa les nuages et nous vîmes un immense arc-en-ciel s'élancer au-dessus de l'école fantôme. La vie n'avait cessé d'être un conte de fées et les macchabées furent empilés sous la balançoire et arrosés d'essence. Alejandro jeta une allumette et les flammes jaillirent tandis que nous quittions la scène.

39

Big Bob

Le corps de Michelle fut découvert à l'aube, concassé dans la carrosserie d'une ambulance garée sur le parking de la clinique. La voiture avait accueilli sa chute du dernier étage en épousant, dans la violence de l'impact, les courbes de son anatomie. Les tôles déformées et les vitres brisées composaient autour d'elle un catafalque futuriste, une projection de perspectives contrariées, de lignes brisées et de fragments pulvérisés qui l'enserrait tel un cercueil sculpté par Umberto Boccioni : soit la rencontre rêvée entre la chair et la vitesse, entre l'industrie mécanique et la chirurgie esthétique. Jusque dans la mort Michelle sut conserver le sens de la mise en scène, et lorsque les pompiers défirent ses bandages, ils reconnurent les traits de son visage :

le Dr McConaughey lui avait offert ceux d'Ava Gardner.

J'avais récupéré mes affaires chez Didier, vérifié que l'album photo était toujours en place, mis une minerve autour de mes cervicales meurtries et fait mes adieux à Selena à qui j'avais filé l'assurance vie de mon père : son frère avait sauvé la mienne, l'argent les aiderait peut-être à échapper aux Villages-Unis de Floride, à retrouver les leurs, à se construire un avenir meilleur. « Dieu te bénisse », me dit-elle en me prenant dans ses bras.

Sous une pluie battante, la berline conduite par Alejandro filait sur l'autoroute en direction de l'aéroport. Il fallait faire vite pour attraper un des derniers avions autorisés à décoller avant que le titanesque ouragan, surnommé « Big Bob » et annoncé comme le plus dévastateur de l'Histoire, ne s'abatte sur la Floride pour réduire la région en miettes.

Depuis que les météorologistes avaient alerté la population, son intérêt pour les exécutions et les lynchages de millennials avait brusquement cessé. Le paysage était encore constellé de jeunes gens pendus à des lampadaires, crucifiés contre des palmiers ou immolés sur des ronds-points après avoir été capturés de l'autre côté de la frontière, mais les Villageois ne prenaient plus de selfies en leur compagnie et s'affairaient surtout à piller les supermarchés d'eau et de nourriture afin d'affronter la colère de Big Bob retranchés dans leurs villas-bunkers. Les plus riches s'étaient déjà sauvés dans les stations orbitales et observaient l'avancée du monstre à l'œil nu. Il y aurait des morts, il y aurait des carnages, il y aurait des Villages rayés de la carte mais comme à chaque fois après une catastrophe de cette ampleur le pays se relèverait des décombres, des cendres et des inondations pour renaître plus fort que jamais.

Que deviendrait le Dr McConaughey après le déluge ? Sans sa complice et co-scénariste, poursuivrait-il ses sinistres remakes, ses exploits sur les greens, ses études psychologiques ? Une saison 2 de *Kids For Fun* était-elle envisagée ? Je n'en avais pas la moindre idée. De son côté, le shérif Anderson bougerait-il un jour ses bottes de son bureau ? Peu probable. Quant à la grande prêtresse, cette sorcière cauchemardesque, il fallait s'en méfier, elle avait désormais le pouvoir de dresser ses fidèles tels de nouveaux croisés et de renverser le gouvernement des VUF si l'idée traversait son esprit malin. Mais Gary Schwartz et ses stratèges avaient dû anticiper son emprise et contrôler d'une manière ou d'une autre cette folle. En attendant la fin des ravages provoqués par Big Bob, la guerre restait une option majeure pour fédérer à nouveau l'armée des Villageois autour d'une même cause : la défense et la préservation de leur territoire. La menace d'une invasion milléniale était plus que jamais la meilleure des armes entre les mains de Gary Schwartz. Il le savait : la paix pansera les blessures de la guerre, l'argent reprendra ses droits et les retraités voleront à nouveau vers les Villages.

Les fichiers de *Kids For Fun* étaient en ma possession. Révéler leur existence changerait-il le cours de l'Histoire ? Le destin des Villages ? Didier voulait le croire et je devais accomplir sa dernière volonté. Fallait-il que je les envoie à Free Millennials ou que je rédige un article sur eux ? J'avais devant moi quelques heures de vol pour me décider.

La pluie tombait toujours à verse tandis que je serrais la main d'Alejandro à l'entrée de l'aéroport.

« Je ne sais pas comment te remercier, lui dis-je solennellement. La vie n'a pas de prix et je te la dois. Je ne sais pas si un jour on se reverra, mais j'espère que vous serez heureux avec Selena. Merci du fond du cœur, Alejandro.

– *De nada señor Zorro*, dit soudain le Cubain.

– Grand Dieu mais tu as retrouvé l'usage de la parole, Bernardo ! C'est un miracle ! m'exclamai-je.

– San Lázaro a exaucé mes prières.

– Alléluia !

– *Adios amigo*.

– *Adios*. »

40

La disparition

L'orage se déchaînait tandis que l'A380 roulait vers la piste de décollage. À travers le hublot, je regardais les lutins surgir sous les trombes au rythme des éclairs qui frappaient le tarmac. Ils allaient me manquer, ces petits bonshommes, pensais-je au moment où l'avion prenait son envol en plein chaos.

Lorsque nous perçâmes enfin le ciel en furie et qu'un soleil aveugle accueillit l'appareil au-dessus d'un océan de nuages grondants, je plongeai dans un profond sommeil.

Je me retrouvai dans un espace noir, indéterminé, illimité. J'étais assis sur un banc. À côté de moi, il y avait mon père. Je sentis qu'il était sur le point de partir et je lui dis : « Papa, si tu t'en vas, dis-moi au revoir. » Il me serra alors dans ses bras ; puis il se leva et s'en alla. Seul sur le banc, je le regardai s'éloigner ; jusqu'à ce qu'il disparaisse complètement, dévoré par le néant.

Cet ouvrage a été composé
par Nord Compo à Villeneuve-d'Ascq
et achevé d'imprimer en France
par CPI BUSSIÈRE (18200 Saint-Amand-Montrond)
pour le compte des Éditions Stock
21, rue du Montparnasse, 75006 Paris
en décembre 2023

PAPIER CERTIFIÉ

Stock s'engage pour l'environnement en réduisant l'empreinte carbone de ses livres.
Celle de cet exemplaire est de :
650 g éq. CO_2
Rendez-vous sur
www.editions-stock-durable.fr

Imprimé en France

Dépôt légal : janvier 2024
N° d'édition : 01 - N° d'impression : 2075168
52-51-6754/0